この小説を台湾のみなさんに
お届けすることができて光栄です。
楽しんでいただけるとうれしいです。

山白朝子

這本小說能送到臺灣的各位讀者面前，我深感光榮。

如果各位能樂在其中，我將倍感欣慰。

小說家與夜晚的界線

SHOSETSUKA
TO YORU NO
KYOKAI

山白朝子
高詹燦——譯

目次

墓園裡的小說家 005
小說家跑了 029
凶 065
小說怪人 107
腦中的演員 159
某編輯偏執的愛 191
心電感應小說家 229
後記 282

墓場の小説家

墓園裡的小說家

一

小說家當中有很多怪人。

這是為什麼？

或許是因為腦袋正常的人，不會想要寫小說。又或是欠缺倫理觀念的人，才能從奇怪的觀點來擷取這世界的片段，寫出有趣的故事？的確，小說若老是寫一些理所當然的事，便缺乏魅力。不按常軌走的人寫出脫離常軌的小說，似乎才會讓人看得津津有味。

我也勉強算是位小說家，只要看過身邊的作家們，就會知道他們全是奇人或怪人。我另當別論，不過作家這類人似乎都有著人格上的問題，是無法順利在社會上生存、與社會脫節的一群人。

創作作品是一種追求美的行為。脫離常軌的人因過度追求美而走向滅亡，這種事屢見不鮮。就算犧牲生活、人生，以及所有一切，他們也想要創造出作品。我特別喜歡窺看並暗中觀察這些人，甚至可說這就是我的嗜好。我對他們無比憧憬，儘管人生的道路走偏，仍堅持投入創作的態度，令我深受感動。

這次我決定從我認識的古怪小說家當中，介紹O老師這號人物。

O老師以小說家的身分活躍於文壇，約有十年又三個月之久。他二十多歲開始寫小說，後來參加新人獎入選。他的出道作是人稱「校園推理」的類型，內容以某高中為舞臺，一群高中生挑戰解開殺人事件之謎。

故事的推理邏輯性不強，因此被別人的作品拿下那次的大獎，後來他的小說以評審特別獎的名義出版。如果標榜推理小說，他的小說內容或許略嫌平淡，但O老師的作品有其獨特的魅力。故事中對於十多歲少年少女的描寫栩栩如生，儘管他們有許多煩惱，且一再歷經內心的糾葛，但仍舊想和同伴們一同克服難關。最重要的是，從文章中能感受到以高中為舞臺的氣氛，讓人想起自己高中時代的景象，懷念之情便會油然而生。

O老師出道後，仍持續寫作校園推理小說，並以同一所高中為舞臺，撰寫系列故事。印象中小說沒熱賣，但有許多讀者喜歡O老師小說的氣氛。

我第一次見到他，是在某出版社舉辦的派對上。每到歲末，幾家大出版社就會找來作家和編輯，在飯店的宴席廳設立一處供大家共同暢談的場所。滿桌都是豪華美食，採站著吃的自助式派對。我在宴會的角落喝酒時，認識的編輯帶著一位年約二十五歲的年輕人前來向我介紹。他就是O老師。

O老師身材清瘦高䠷，膚色白淨，兩頰凹陷，顯得不太健康。從戴著戒指的無名指，看得出他已婚，但特別吸引人注意的，是他的左臂用白色的三角巾吊著。

「以這副模樣和你見面，真是抱歉。」他說。

他向我解釋，說他因為左臂骨折，目前以石膏固定。

「這樣會妨礙寫作吧？」

「倒是意外沒這種困擾，我已習慣了。」

我們就這樣站在宴會角落聊了起來。我們都看過彼此的著作，所以能輕鬆地進行對談。他一隻手不方便，編輯特別為他端菜餚過來。

聊了幾個話題後，我試著詢問他目前執筆中的作品內容。O老師說他正在寫那部校園推理小說系列的最新作品。他難為情地笑著，視線投向打著石膏的左臂。

「其實這隻手是我自己折斷的。」

我將裝著酒的杯子湊向唇前，在腦中思索他這句話的含義。

自己折斷的？

想必我當時露出納悶的表情吧。

「接下來這部小說裡的主角遭車撞骨折了，得過著左臂打上石膏的生活。說來慚愧，我過去從沒骨折過，也沒受過什麼嚴重的傷，就這樣長大成人。所以我沒把握能巧妙寫出骨折的主角感受到的痛苦。」

在酒精帶來的舒暢醉意下，宴會廳晶亮的照明如同寶石般耀眼。作家和編輯們在周遭有說有笑，不知為何，看在我眼中，那模樣就像百鬼夜行。

我對O老師說的話很感興趣，這可說是我最感興趣的話題了。

「原來如此、原來如此。這麼說來，你是為了小說而弄斷自己的手臂嘍？」

我在說話時，盡可能不改變原本的表情。因為我擔心自己要是露出驚訝或皺眉的神情，這場對話便會就此中斷。

「沒錯。真的很痛，不過拜此之賜，我寫小說時，描寫方面非常順利。這也要感謝我太太。」

「感謝夫人？為什麼？」

「我請她幫我弄斷手臂。雖然她原本很排斥，但我說這是為了小說，費了好大一番工夫才說服她。」

根據O老師的說明，他躺在自家的車庫裡，左臂擺在車子的輪胎前。他太太坐上駕駛座，發動引擎，將車子慢慢往前開。輪胎壓在O老師的手臂上，那驚人的重量輾碎了他手臂的骨頭。

咔啦、啪嚓、咕唰……

骨頭斷折，肌肉被壓扁，一陣劇痛襲來，O老師放聲大叫。

「但我同時感到開心不已。我深信，這麼一來我就寫得出小說，能有很出色的描寫。因為我的痛楚就是主角感受到的痛楚。」

O老師右手端著香檳杯，高舉在面前。那淡金黃色的液體浮現細小的氣泡，接著迸裂。O老師說這話時，眼中閃耀著可稱之為歡喜的光輝。他傷害自己的肉體，作為創作的食糧。用一般人的標準來看，這種行為可能太過頭了，但想到他接下來將寫出的小說，我漸漸覺得這樣的行為也是可以原諒的。因為肉體總有一天會滅亡，但靈魂創造出來的作品卻能永久留存。

二

因為那場派對上的邂逅，我和O老師開始交流。認識的作家或編輯舉辦酒宴時，如果邀請他，他有時也會參加。O老師在酒宴中幾乎不說話，始終當個聆聽者，就像個常見的青年，給人文靜又敦厚的印象。

經過多次交流我才知道，O老師認為小說家這個職業很神聖。他深信只有極少數擁有寫故事才能的人，才被允許寫故事。

他當時寫的書並非純文學，而是偏娛樂的校園推理小說，但他不分類型，將所有小說都視為藝術。正因為這樣，他似乎對寫作感到很有壓力。像我這樣的凡人，怎麼能從事寫小說這種藝術性的活動呢——他必須和心中這樣的意識對抗。

「剛開始寫的時候最可怕。我這話的意思指的不是小說開頭部分的寫作，而是打開電腦，開始輸入小說文字的那個瞬間。為了接著前一天的內容寫下去而面對電腦，卻停在那個狀態無法動彈。光是打第一個字就花了很長的時間，緊張得雙手發抖。雖然我自己心裡明白，只要勉強自己硬打出幾行字，就會和前一天一樣，一路順暢地寫下去。」

要如何將自己的意識切換成寫作模式呢？

這是作家之間常討論的問題。

那些平時就能巧妙地與現實世界切割開來，讓自己的精神沉浸在作品世界中的作家真的很厲害。舉例來說，在人氣作家當中，有人能像切換電視頻道一樣，一坐在電腦前，就將精神狀態切換成寫作模式，馬上開始寫作。這令我羨慕得不得了，但只有極少部分的作家有這等能耐。

大部分的作家都是自己一再地鑽研，摸索出一套用來讓精神切換成寫作模式的方法。以我個人來說，沖煮濾掛式咖啡就是我的儀式。

將熱水注入咖啡粉裡，眼前升起蒸騰熱氣，肌膚感受到熱，鼻腔感受到香氣。在五感得到的刺激下，原本連續的日常生活時間會就此中斷，產生空白的精神狀態。藉由切斷這樣的日常性，來促使我的腦袋切換成寫作模式。當然了，也不是每次只要沖咖啡就都寫得出來……

以O老師的情況來說，聽說他從投稿新人獎的時候開始，就感受到寫作帶給他的極大壓力。因此，打從出道前，他就沒有多餘的心力對這個模式進行研究。

「某位作家在寫作時，好像會先在身旁擺一個蚊香。聽說蚊香的氣味會引起鄉愁，激發想像力。寫夏天為舞臺的小說時，我也曾嘗試這麼做，效果很好。少年時代的暑假記憶就此重現，我順利地沉浸在作品的世界中。我還用自己的方式，讓這個方法有了進一步的發展。」

「發展？怎麼做？」

「也就是讓日常生活與作品世界的分界變得模糊不清，嘗試讓自己的腦袋更容易切換成寫作模式。因此，我試著花一些巧思，盡可能事先讓寫作內容與自己在寫作時的狀況重疊在一起。」

他之所以決定弄斷手臂，也是為了讓自己與小說的主角重疊在一起。我一再詢問O老師，截至目前為止，他除了骨折外，還在這上頭花了哪些心思。

「例如描寫發現屍體的場景時，我在房內潑灑血漿，感覺自己置身於慘絕人寰的命案現場，在這樣的情況下進行寫作。」

「事後打掃很辛苦吧？」

「給內人添了不少麻煩。不過，為了小說，這也是沒辦法的事。」

「寫作變得順利了嗎？」

「因為假的血漿氣味，和真正的鮮血氣味不一樣……為了彌補這樣的想像，我用美工刀劃破自己的手臂，讓血滲進面紙裡，一邊嗅聞血的氣味，一邊寫小說。」

O老師難為情地向我展示他的手臂。他的皮膚上留下數道白色的傷疤，想必是每次要描寫發現屍體的場景，就會自殘吧。看了之後，我開心極了。因為O老師的想法遠比我想像中的還要脫序。

「你對高中生的描寫很鮮活，那種真實感光憑想像絕對寫不出來。那又是怎麼寫出來的呢？」

「我搬家。」

「搬家？」

「在我決定寫校園推理小說的那天，我和妻子商量，簽約買下位於一所高中後方的一間中古透天厝。那是我以作家身分出道前的事，因為父母留下一筆遺產，所以還買得起。房子占地的後方便是高中的校舍，只要豎耳細聽，甚至能聽見高中生上音樂課合唱的聲音，真不錯。」

O老師說他平時都在自家二樓的房間裡寫作，從那個房間的窗戶可以清楚看見高中的校舍。在開始寫作前，他會蹲下身，用雙筒望遠鏡從窗簾縫隙窺望校舍的窗戶。從那可以看見在走廊上來來往往的高中生和老師的身影，小說世界的想像就此擴展開來，對他的寫作大有幫助。

「我家後院的占地與校園占地的交界，設有圍牆和鐵絲網。當我寫作遇到瓶頸時，就會走到圍牆邊，不讓高中生和老師們發現，躺在地上。」

「躺在地上？」

「這有點難說明。圍牆有裂痕，在貼近地面的位置，有個貫穿到另一面的縫隙。我發現把臉湊近，就能看見高中校園的占地；臉貼向裂縫處，便能就近看見在校舍旁交談，或是從事社團運動的學生們。那距離近得連談話內容和呼吸聲都聽得到。」

O老師為了寫作，在日常生活的背後準備了一個和小說世界很雷同的空間。而從交界處的裂縫偷窺的行為，想必能促使他的精神狀態從日常生活轉往小說世界吧。高中生的生活空間應該能賜予他靈感，讓他的作品世界更為豐富。

O老師還進一步告訴我。

「說到其他我投注的心思，大概就是半夜潛入那所高中吧。」

「是嗎？如果是為了小說的創作，這也是沒辦法的事。」

為了創作這個崇高的目的，這應該也是可以原諒的。我這樣說服自己。

「黃昏時分，我用雙筒望遠鏡觀察校舍，發現一樓有一扇窗開著沒關。想必是忘了關吧。夜裡我再次確認，發現它仍舊開著。我心想，這是創作之神對我的邀約。」

那天晚上，O老師離開住家，藏身在黑暗中，潛入高中的校地。他翻越圍牆和鐵絲網，來到平時窺望的場所。因為那是他日常寫作時所參考的地方，所以這就像是他潛入了自己的小說世界。

他手搭向校舍的外牆，細細體驗手中的觸感，並從敞開的窗戶爬進校舍內。

「那所高中入夜後有警衛駐守，但警衛巡視的時間以及路線，已全都記在我的腦中。因為之前寫一部內容是夜裡在學校發生殺人事件的小說時，我曾經徹夜觀察過校舍。」

他走在校舍內，嗅聞走廊的氣味。

這是小說的登場人物常走的地方。

走進教室後，看見排列整齊的課桌。從窗戶射進的微弱月光，讓每個桌面都亮起微光。他伸手搭向桌面，以指腹輕撫。

這是小說的登場人物平日生活的地方，和同伴一起歡笑、煩惱，解開校園事件之謎的場所，此刻他也身在此地。

自己在小說中描寫的世界，就是這裡。

「一切是那麼美。不知道是誰掉落地上的髮夾；因為黑板擦得不夠乾淨，而隱約殘留的算式。我感到胸口一緊，一股激動的情感向我襲來，說來難為情，我就這樣流下淚來，這體驗很強烈。因為感覺太美好了，於是我決定小心不讓值班的警衛發現，到教職員室借校舍後門的鑰匙一用。」

「……為什麼？」

「為了打備份鑰匙啊。我家中有黏土，所以取好鑰匙的外模後，當天晚上我便將鑰匙歸還。接下來我花了幾天的時間，用銼刀削製鑰匙胚，成功做出備份鑰匙。要是夜裡隨時都能進入校舍，我的寫作將會更加順利。」

O老師說他每天晚上都帶著筆電潛入那所高中。要寫教室裡的場景，就在教室寫作；要寫樓梯間的場景，就在樓梯間寫作；要寫音樂教室的場景，就在音樂教室寫作。每當快到警衛前來的時間，他就會靜靜地躲在黑暗中等候，等到黎明前便回自己家中。他並不覺得自己是在做壞事，一切都是為了小說。

他是那種能讓自己融入環境，並在那之中打造小說的世界，用這種方式書寫的作家。雖然手法有點笨拙，但他創作的作品帶有真實感。要是他擁有一般人的倫理觀念，想必就寫不出能醞釀這等氣氛的小說了。

三

O老師的作家人生，有一半以上都投注在校園推理小說的創作上。他是在出道七年後，才展開其他類型的創作。推理小說的風潮退燒後，銷量一直不見起色。當時世上最多人看的是愛情小說，網路愛情小說陸續出版、拍成電影，創下熱銷紀錄。原作成了銷量破百萬的暢銷書，各個出版社也都開始出版裝幀類似的愛情小說販售。

建議O老師寫愛情小說的，是我認識的編輯T先生。

「我一直很想看以O老師風格寫成的愛情小說，但我萬萬沒想到會變成那樣。」

T先生似乎很後悔，但沒人可以責怪他。因為O老師特殊的寫作方式，只跟他的作家同伴說，T先生完全不知道他都是以何種方式寫小說。

我也能理解T先生為何會建議O老師挑戰愛情小說這種類型。「O老師的小說出色之處，不是在故事的情節或是推理的詭計。他文章所呈現的氣氛，才是他小說真正的魅力所在。這對愛情小說而言，應該會是很好的武器。

而且O老師本身似乎也有意願挑戰其他類型的小說。

「因為他已經連續寫了七年，或許他也想為那套系列作個了結，展開新的創作吧。和他同一時期出道的推理小說作家，後來贏得純文學類的獎項，這可能也是很大的因素。」

他安排時間和O老師開會，多次和他討論該寫怎樣的愛情小說才好。

「市面上多的是以高中生純純的愛為主題的愛情小說，單純跟風絕對行不通。市場要的，是充滿破壞力，能讓讀者們傷心難過的作品。他也說這個方向好，決定以『傷心』為主題。他說他想寫一部令讀者痛哭流涕的愛情小說，看起來幹勁十足。」

O老師不是會事前向編輯提出故事情節的那種作家。他認為與人討論劇情，別人的想法會跑進故事裡，就此失去純度。事前構思的情節，在寫作這個神聖的瞬間，只會成為綁手綁腳的限制器。因此，在T先生還不知道的情況下，他已開始寫作。

「我每隔幾週就會和他聯絡，詢問他寫稿的進度。因為是第一次嘗試，他似乎陷入了苦戰。就算我問他內容，他也不告訴我，不過他說，登場人物的年紀是介於大學生到社會人士之間。」

之所以沒像之前一樣，以高中生當主要登場人物，應該是他身為小說家，為了自我成長所作的決定。因此，他似乎已沒一邊觀察自家後院的高中校舍，一邊執筆寫作了。

「當他完成作品並將稿件送來給我時，離那次討論已過了半年。我大致看過初稿，覺得是一部傑作。我在閱讀時，因為對主角產生強烈的移情作用，而感到心痛不已，再也沒有比它更適合『傷心』這個主題的小說了。書評家們對它的評價也相當驚人，能夠了解為什麼會有那麼多人推崇那部小說為他的顛峰之作。」

O老師一生之中只寫過這麼一本愛情小說。故事是一名被心愛的人背叛，為此心碎的青年。就像是以內心滲出的鮮血當墨水，一字一字刻劃而成，一部滿是悲嘆的小說。

「我看完初稿後馬上打電話給他，想傳達我的感想，但O老師憔悴不已，根本沒心思接我電話。後來聽說，當時他們夫妻一直在爭吵。」

當時邀請O老師參加作家們的酒局，他也沒現身。我一直到他那部愛情小說即將出版時，才得知他的狀況。聽說他與妻子嚴重失和，已瀕臨離婚邊緣。

「我也見過夫人幾次，年輕又討人喜歡。他們原本真的是如膠似漆，很登對的夫妻。但我並不知道O老師是那種不讓自己身處在和小說同樣的環境裡，就寫不出來的作家。聽說他為了寫書，要求夫人註冊交友網站。O老師拜託夫人外遇。為了深入了解小說主角所體驗的『傷心』，而刻意讓自己心愛的人搞不倫戀。」

O老師和夫人是高中時代的同學，彼此都是對方的初戀，成年後便馬上結婚。O老師寫校園推理小說時，兩人並沒有吵架，夫妻關係和諧。不過，在O老師的人生中，從來沒有因戀愛而傷心的經驗，所以他才需要體驗傷心的痛楚。

「聽說夫人原本很排斥，但O老師告訴她，這都是為了小說，這才說服了她。在O老師的指示下，夫人和交友網站上認識的幾名男性出遊。他好像讓夫人身上帶著錄音筆，錄下雙方的對話，邊聽邊寫作。就連夫人和男性進飯店後的聲音，也全被錄了下來。」

O老師是真心愛著夫人，只要看他的小說便可明白這點。要是他對夫人沒有愛情，小說中對主角心痛的描寫，想必會寫得很表淺空洞吧。

「某天，O老師臨時取消外出，留在家中工作。這時，夫人帶男性回到家中。當時夫人已完全沉溺交友網站，就算O老師沒指示她這麼做，她自己也會和陌生男性見面。那天，夫人可能滿心以為O老師外出不在吧。她不知道O老師人在工作室裡，就這樣帶著男人進入寢室。工作室和寢室似乎只隔著一面牆，只要仔細聽，便可聽見兩人愉悅的對話，還有床鋪擠壓的聲響……」

我不難想像O老師一面聽，一面寫小說的那幕光景。他就是這樣的作家。愈是因為失去愛而痛心，他小說裡的描寫就愈是陰氣逼人，顯得逼真。他以自己十幾歲起便和同一位女性一同細心培育、無可替代的感情作為交換，就此得以將真正的懊惱、焦躁、絕望，昇華成小說這項藝術。

就在那本書即將出版前，夫人收拾好行李，離開家門。

聽說現在和別的男人過著幸福的日子。

四

令人高興的是，之後O老師對驚悚小說產生了興趣，開始為雜誌《怪與幽》寫稿。他在長達十年又三個月的小說家生涯的最後一年，投入驚悚小說的創作中。真不知道當時發表的幾個短篇作品，是在怎樣的緣由下寫成。

我曾和離婚後獨居的O老師見面。

「我原本住的那棟房子賣了，現在已無法觀看那所高中的校舍，所以我再也寫不出校園推理小說。」

O老師變得比以前更消瘦，眼窩凹陷，臉上泛起柔弱的笑意。

「我現在住在出租公寓的二樓。這還是我第一次自己一個人生活呢，婚前是在老家和父母同住。我父母很久以前就都病故了，現在我成了孤家寡人。」

他之所以寫得出校園推理小說，最主要原因是住家後方便是一大片高中的校地；他寫得出愛情小說，則是犧牲自己的夫妻關係換來的。如今隻身一人的O老師，今後會寫出怎樣的小說呢？當時的我對此感到好奇，因而向他詢問。

「我現在感興趣的，是『死亡』這個主題。你放心，我並不是想自殺。從我住的公寓後方可以看見墓園。從二樓的窗戶望出去，隔著一片雜樹林，可以看見一處整排墓碑的地方。那裡不像東京的公墓一樣井然有序，而是鄉下郊外可以看到的那種老舊墓園。看到那座墓園之後，我便想到『死亡』這個主題。」

他說自己一個人生活後，才又重新想起已故的雙親。他每天合掌面向小小的佛龕，感謝他們的養育之恩。

「雖說我決定好主題是『死亡』，但我想寫的不是純文學，而是像怪談那樣的內容。我覺得自己現在似乎有辦法寫出恐怖故事。我現在住的算是比較新的公寓，但不知為何，牆壁和天花板都有神秘的汙漬，彌漫一種陰沉的氣氛，感覺好像房裡會冒出什麼東西來。一開始看屋的時候還沒發現，但不知為何，廁所的地板有像是小孩的掌印，自來水有時帶有腥臭味。」

O老師讓小說的世界與自己周遭的環境一致，使兩者間的交界模糊不明，就此執筆寫作。從他的口吻聽起來，似乎是從住宅環境中找出「死亡」這個主題。但真是這樣嗎？「死亡」這個主題，就算不去留意，它也一樣存在，所以他該不會是刻意搬進那樣的屋子裡吧？我心想，但最後沒向他確認，那天便就此與他道別。

過了一陣子，O老師寫的短篇驚悚小說刊登在某文藝雜誌上。內容是開始獨居的主角遇上各種怪事。O老師的特殊能力就是能重現作品世界裡的氣氛，而他這樣的筆致，在驚悚小說的領域裡同樣展現了絕佳效果。作品整體彌漫著一股詭譎的氣氛，描寫出難以形容的不安與落寞。害怕靈異現象的主角，被描寫成一位孤獨中帶點滑稽，引人同情的人物。

幾個月後，O老師的驚悚小說又在同一家雜誌上刊登。可能是計畫在同一位編輯底下多累積幾篇故事後，再以短篇集的形式出版吧。內容偏向奇幻和怪奇，從登場人物的心理隱約看得出他對死後世界的憧憬。

我打電話給O老師，想表達我對小說的感想。

「看來，我終於也寫得出驚悚小說了。在寫第一次刊登的那篇時，我腦中一直很難切換成寫作模式，明明已開始創作，卻每天都苦不堪言。我投注許多心思，最後終於能了解登場人物害怕的心情。」

投注心思？

具體來說，是投注了怎樣的心思呢？

「總之，我在屋裡收集了許多我害怕的東西。我列印出從網路上搜尋得來的恐怖照片和圖片貼滿整面牆，還把別人丟在垃圾場裡的日本人偶帶回來。」

O老師似乎原本就對恐懼沒什麼耐受性，和一般人一樣，對可怕的事物會感到害怕。所以他原本很排斥要收集可怕的東西擺在屋內，但為了小說，不得不這麼做。

「基本上，白天我都在自己家中工作。晚上寫作時，我會帶著筆電到墓園工作。那裡好像沒有管理員，我來去自如。墓園沒有路燈，周遭被雜樹林環繞，所以一片漆黑。眼睛習慣黑暗後，能看到黑暗中是整排布滿青苔的墓碑。墓園裡有石階，我每天晚上就坐在上頭寫小說。」

我周遭有許多人會在深夜時分前往靈異景點。可能是因為在怪談類的雜誌社工作，我才會認識那些喜歡超自然現象的人。不過，為了寫小說而前往墓園的人，我還是第一次見識。

「待在一片漆黑的墓園，會感受到一股讓人喘不過氣來的緊張感。重新真切感受到夜晚原來是這麼暗，黑暗原來這麼可怕。因為太過可怕，我的雙手發抖，一再打錯字，總忍不住覺得黑暗中躲著什麼東西。現場明明只有我一個人，但總覺得周遭有視線緊盯著我。一想到這裡，就渾身起雞皮疙瘩，很想拔腿就跑。但愈有這樣的感覺，我的寫作就愈順利，可說是文思泉湧。就像不是我自己寫的，而是有人要我這麼寫似的，手自己動了起來。在屋裡寫作時絕對想不出來的描寫，竟然從我的體內自動冒出，太令我驚訝了。那些因恐懼而感到害怕的登場人物，他們的心理狀態我瞭若指掌。我很用力地打字，將它寫成小說。」

他的聲音在顫抖，好像在害怕什麼似的。

「不時會發生離奇的事。我在寫小說時，會覺得有人從我背後走過。轉頭一看，眼前只有墓碑，空無一人。有時會從黑暗深處傳來竊竊私語的聲音，那可能是我自己想多了，或者是因為太過害怕而幻聽了呢？還是說……當黎明時分將至，天色逐漸轉亮，每次我都鬆了口氣，心想，又平安度過了一晚。每天晚上我前往墓園，都會想像隔天也許無法看到朝陽升起了。今晚搞不好會看到什麼，然後就此發瘋。每次要去，心裡都怕得不得了，但為了小說，我非去不可。我得在那充滿死亡氣息的地方才寫得出來。我不想要一個字都寫不出來，我想持續寫小說，寫出好作品，得到別人的認同。這是我現在僅有的了。」

O老師是在怎樣的緣由下將成為作家視為目標，詳情我並不清楚。開始寫小說的衝動因人而異，有人是受新人獎的獎金吸引而去報名，也有人是憧憬小說家的頭銜才開始寫作。

「我從小就喜歡看小說。那時的我心想，要是我也能寫小說，感動他人，不知道有多好，所以才以成為小說家為目標，不斷努力。每次只要我閱讀故事，就能忘記日常生活的一切，進入另一個世界。說來也真不可思議。只要我切換成作者，就得讓作品的世界去侵蝕我的日常生活，否則寫不出小說。要是我也能像你們一樣有寫小說的才能就好了。」

O老師隔著電話嘆了口氣。你明明就有才能啊，我對他這樣說道。你以作家的身分出道，寫下那麼多作品，還感嘆自己沒有才能，這未免太滑稽了。但我這番話似乎沒傳進他心底。

「講了這麼久，也差不多該掛電話了。」

我們互道再見後，掛斷了電話。

之後短短半年，他就寫出了三篇短篇驚悚小說，每篇都刊登在雜誌上。但他的小說愈來愈難懂，故事的邏輯有破綻，只有那宛如噩夢般的幻想性變得愈來愈激進。O老師發自內心去面對墓園的黑暗，他應該是不想將凝聚在墓園中的死亡氣息寫成通俗的故事，就此流於俗套吧。小說裡頻頻出現含義不明的自創新詞，就像宗教著作一樣，滿是常人難以理解的邏輯。就算一行一行仔細解讀，也還是看不出來他要表達什麼。才剛覺得描寫雜亂無章、支離破碎，接著又出現宛如聖母充滿慈愛的聖潔敘述，讀者想必看得一頭霧水吧。不過，我喜歡他這種破綻百出的短篇驚悚小說，因為包含那些含義不明的部分在內，從中隱約可以看出，他在墓園窺見了不同於人界的異次元世界。他接觸了另一個世界，就此一去不回。

寫十幾歲年紀青春洋溢的世界，寫戀愛與逝去的愛，寫和「死亡」對峙的可怕，O老師的小說家人生迎來終結。每次想起他，我的腦中就會浮現墓園暗夜的景象。在那景象之中，身材清瘦，但目光炯炯的他，以陰氣逼人的模樣寫小說，黑暗中只傳來鍵盤的打字聲。

O老師的遺體，清晨時在墓園被人發現。死因是心臟麻痺，人們說這是他累積過多精神壓力所造成的。他究竟看到了什麼？他的表情因恐懼而極度扭曲。遺體旁還擺著他的筆電，似乎留下寫到一半的小說，但我無緣一讀。聽編輯說，上面通篇都是語意不明的文章。

小説家、逃げた

小說家跑了

一

我到外地旅行時，順道去朋友家拜訪。已有幾年沒見的朋友，家中有妻子和小嬰兒，過著幸福的日子。在他的提議下，我們一起共進晚餐。

客廳電視播放著新上映的電影廣告。他的妻子端著裝滿菜餚的盤子前來說道：

「這部電影有我喜歡的演員參與演出，真想早點一睹為快。」

「我也很期待。我以前曾和這部電影的原著小說作者Y先生有過一場對談。」

我的職業是小說家。雖然無緣成為暢銷作家，但生活姑且還過得去。長年待在出版界，我見過各式各樣的小說家。Y先生也是其中之一。

電影廣告的長度約三十秒，從影片的片段，可以看到一些改編自原著小說的畫面。這在Y先生出版的小說中號稱是顛峰之作，是他名氣響亮的第三十五部作品。

「拍成電影後，原著也會更加暢銷吧。」

「銷售好像會動得很快。」

「寫得出小說的人，真的都很令人尊敬。那是只有上天賜予特別才能的人，才能從事的工作。和我們這種平凡人相比，一定是不同的人種。這樣的人一定很幸福吧。」

他的妻子這句話，令我感到不知所措。

因為我還沒遇過幸福的作家。

尤其是Y先生，他一直都過著與幸福無緣的作家生活。

×××

Y先生是幾乎小我兩輪的年輕男作家。他有個出版界一致公認的特色，那就是「寫作速度出奇得快」。

在全盛時期，他以一個月一本的步調發行小說。幾乎每個月在新書區都會擺出他的小說。甚至傳出都市傳說，說他可能不是一個人，而是有多名作家共同使用這個名義出書。

他是一位徹底的蒙面作家，不參加出版社的派對，也不曾公開露臉照片。他不接受隨筆或書評的工作，也不寫後記，幾乎不接受任何採訪。見過他的出版界相關人士非常少，給人一種神秘人物的強烈印象。也許就是這樣，才會讓「Y老師其實是由多位作者組成」的說法帶有一絲真實感。

不過話說回來，一個月出一本書真的很驚人。每天勤筆不輟，而且還要擠出推敲文字的時間、修改校稿後的校樣的時間、構思下一部作品故事情節的時間等，就是這樣才驚人。就算把生活中的所有時間都用來寫作，也還是不夠吧。

附帶一提，以我的情況來說，一天只要能寫出七張稿紙就算不錯了。有時只能寫出三張，甚至還會偷懶，例如昨天很認真寫作，所以心想，今天就出門鬼混一下吧。結果平均一年只能出版一本書。

不僅如此，Y先生還能寫各種類型的小說，一點都不馬虎。世上有只會寫愛情小說的作家、只會寫本格推理小說的作家，他們的一生都獻給特定類型的小說，Y先生則恰巧相反。上個月才出版像通俗劇的作品，接著這個月改出版歷史小說，而下個月預定出版的清單上，列出的則是像科幻作品的書名。他每個月都挑戰各種不同類型。

不過，嚴苛的讀者形容他的作品「廣度有餘，深度不足」。Y先生的作品，每一部都保證有一定的精采度。不論他寫哪個類型，都能讓人一定程度地樂在其中。不過，始終也僅止於一定程度。

與那些像求道者一樣，始終貫徹特定類型的作家所寫的作品相比，Y先生的每一部作品都被視為深度不足，往往會受該類型的書迷們鄙夷。但反過來說，他的作品經過一番調整，可以輕鬆地樂在其中，對世上的大部分讀者來說，它簡單易讀。許多讀者也是透過他的作品而開始迷上那類型的小說，他的作品就像扮演了入門書的角色。

這位擁有驚人的寫作快手，各種類型都挑戰的職人型作家，究竟是怎樣的人物呢？令人好奇。很幸運的是，我有機會與Y先生見面。

「您要不要和Y老師來一場對談？」

好幾年前的某天，我的責任編輯向我提出這項委託。

「這還是第一次Y老師為了宣傳會過來雜誌社。因為值得紀念的第三十本小說發行在即，他特別接受我們的請求。您願意嗎？」

剛好同一時間，我的新書也預定出版。編輯問我要不要順便幫自己的書宣傳，與Y先生來一場對談。我沒理由拒絕。

當天，我在東京一家高級飯店的房間裡等候。我和Y先生各自的責任編輯、負責整理這篇報導的撰稿人和攝影師，也全都在場。對談往往會借用出版社的會議室，但這次雜誌編輯部特別砸重金租下高級飯店的一個房間進行對談。

Y先生不能露臉，但編輯部希望能將他對談的模樣刊登在雜誌上。因此，攝影師極力探尋不讓Y先生的臉入鏡，只拍我臉部表情的構圖。

幾乎全員都到齊了，再來只要等Y先生一到，就能開始對談。就這樣，到了預定進行對談的時刻。Y先生始終沒現身。十分鐘過去，他也沒打電話來說他會遲到。在場的眾人開始擔心起來。

「有點奇怪呢。剛才他的父母和我聯絡，說他已搭上計程車，正在前往飯店的途中。」

Y先生的責任編輯是位女性。

我向她詢問：

「他的父母和妳聯絡？」

「對，Y老師的父母是他的經紀人。他與出版社的一切聯絡事項，都是由他父母負責，Y老師就只專心寫作。聽說今天他父母也會一同前來。」

「這樣啊。」

作者光是回信給編輯，就得花去半天的時間，這是常有的事。如果不將這類的雜務完全拋給別人處理，自己專心在寫作上，想必無法維持他那驚人的出版速度。

距離原本預定開始對談的時間，已過了約一個鐘頭，這時Y先生的責任編輯手機響起。

「咦？這、這樣啊……這可傷腦筋呢……」

她接起手機後，發出略顯為難的聲音，打電話來的似乎是Y先生的父母。通話結束後，她向我們說明。

「聽說Y老師逃跑了。」

「逃跑？」

房內的眾人異口同聲說道。

據她所言，Y先生似乎很期待這天的對談，但另一方面，他也深感不安，在抵達飯店後，就這麼逃跑了。他的父母目前正四處找尋Y先生的下落。

「……情況就是這樣，請再稍候片刻。」

「我知道了。」

「抱歉，我也去幫忙找人。」

Y先生的責任編輯一臉歉疚地離開房間。

接著，撰稿人和攝影師也去幫她的忙，房內只剩我和我的責任編輯。

「……那麼，我也去找他吧。」

我正準備站起身時，我的責任編輯制止了我。

「不，請在這裡等。要是雙方就這樣錯過，那可就傷腦筋了。」

「你說這什麼話啊。這麼有趣的活動，我怎麼能不參加呢？」

「請不要覺得有趣，這樣太不檢點了。」

我心不甘情不願地留在房內等候。

話說回來，我不知道Y先生的長相，就算去幫忙尋人，也幫不上忙。因為害怕對談而想逃走的這種心情，我也了解。不過，真的就這樣逃走的人，當真少之又少。Y先生也許不是正常人。一想到這裡，我便忍不住高興起來。

小說家這樣的人物，往往在外表看不出的內心部分帶有扭曲的一面。因為有精神方面的缺陷或是人格有問題，這些無法像普通人一樣生活的人最後能賴以為生的職業，就是當小說家。因為沒辦法採取其他謀生方式，因此一生都投入寫小說的工作中，犧牲人生中各種重要的事物，將自己的生命奉獻給小說這門藝術。觀察這種過著偏激生活的小說家，以此為樂，就是我的嗜好。

附帶一提，我是個半吊子，沒辦法過他們那種生活。我認為將人生全奉獻給寫小說是一種不幸，所以這些毀滅型的作家令我崇拜。

不久後，我那位責任編輯的手機響起。電話那頭告訴他，已經找到Y先生。根據對方的報告，Y先生是在附近一棟商業大樓的廁所裡被發現。他自己關在廁間裡，雙手抱膝，不住顫抖。

「Y老師是第一次和人對談。他一定是太緊張了。總之終於找到人，太好了。」

責任編輯露出鬆了口氣的表情。

十分鐘後，房間門開啟，幾名成人走進。分別是撰稿人、攝影師、Y先生的責任編輯，以及三位沒見過的人。

這三人當中，有兩人是中年男女，另外一位是年約二十五歲的青年，由這兩人左右包夾，拖著走進房內。這位青年模樣瘦削，一臉不安地望著房內的眾人。他應該就是Y先生，而站在兩側包夾他的，想必就是擔任他經紀人的父母。因為長得很像，不會有錯。三人都一身正裝。

「這麼晚才到，真的很抱歉。」

「因為這個傻瓜突然跑了……」

Y先生的父母一再低頭道歉，兩人的體型都略顯肥胖。

「不不不，沒關係。您不必放在心上。」

我拿出一張自己的名片，遞向表情僵硬的Y先生。Y先生以發抖的手指接過名片，向我鞠了個躬，一副泫然欲泣的模樣。

「這、這麼晚才到……真的很抱歉……」

這就是我和Y先生的初次見面。

二

以作家的身分出道後，才短短三年，就出版了三十本小說的這位青年，在對談的這段期間，一直顯得侷促不安。他聳著肩坐在椅子上，惴惴不安，眼神游移。錄音筆開始錄音，以撰稿人分別向我和Y先生提問的形式進行對談。Y先生絕不是位能言善道的人，但回答提問倒是有板有眼，令人意外。也有表達想法上有困難，思考方式像外星人一樣的小說家。相較之下，由他當我的對談對象，令我放心不少。

慶幸的是，他也讀過幾本我的小說。還說他出道時，曾參考我的小說來學習故事的寫法。似乎也是因為有這緣由，他才會接受這場和我的對談。他真誠地說出他對我小說的感想。

而我也提及Y先生的著作作為回饋。雖然我並非三十本全都看過，但我看過他的出道作以及那些我感興趣類型的作品。在這種場合下，誇獎對談對象的書準沒錯。只要誇得彼此心花怒放，愉悅地結束對談，這對大家來說都是美事一樁。

撰稿人詢問我對Y先生的最新作品有何感想。由於尚未出版，我為了這場對談，大致看過校樣的稿子。我與撰稿員熱絡地談到小說中的哪些場景相當精采。

這時，我突然發現Y先生的神情有異。他雙手摀著耳朵，全身顫抖，臉色極差，近乎發紫。

「您沒事吧？」

Y先生的責任編輯向他詢問。

「……可以別再談我的小說了嗎？再聽下去，我會吐的。」

他坐在房內角落椅子上的父母站起身。

「抱歉，這小子好像不喜歡別人談他的小說。」

他的父親一臉歉疚地低頭。

他的母親則是憤怒地訓斥Y先生。

「人家是在誇你，你忍著點。」

Y先生一臉陰沉的表情，就此低下頭。

我和撰稿人盡皆沉默，決定改變話題。看來，還是別談到和Y先生的著作有關的話題比較好。而當我們將話題切換成他的小說是受何種作品影響時，Y先生便漸漸恢復原本的神色。聊了一些安全的話題後，對談時間結束。

我和Y先生稍微寒暄幾句後，那天就此道別。他將我遞出的名片收進外衣口袋裡，一邊向我點頭致意，一邊走出房外，我目送他離去的背影。

×××

「……那天真的很抱歉。因為我的關係，氣氛搞得很僵。我很嫌棄自己寫的小說。內容那麼糟糕的小說，竟然能在世上流通，還那麼多人看，我光是想到這點就渾身不舒服，對自己做這樣的荒唐事深感絕望。有時甚至會因為羞愧而很想搔抓全身，直到破皮為止。因為是對談，所以我已作好心理準備，會談到自己小說的話題，但沒想到……」

第二次見到Y先生時，他這樣說。

除了我和他之外，房裡再無他人。在我們兩人獨處的情況下，他終於說出心裡話。

「看到我的書擺在書店裡，我就很想放火燒了書店。我心裡想，為什麼會擺出這種跟垃圾沒兩樣的小說，而覺得很不甘心。看到店裡設置我的小說專區，還製作手寫的推薦廣告，收集書店店員的推薦文，我心中甚至會興起一股殺意。很想逼問他們，為什麼要賣這種垃圾。」

在書店看到的手寫推薦廣告，對我們這種不暢銷的作家來說，簡直就如同是神垂落的蜘蛛絲，是無比感念的恩情。對此抱持殺意的Y先生，果然很與眾不同。

擁有這種精神狀態的作家是如何誕生的？我對此充滿好奇。

「我第一次寫小說是大學的時候。話雖如此，我大學念到一半，便幾乎都沒去上課，過著半繭居的生活……在那之前，我讀過幾本小說。不過，我比較喜歡漫畫、電玩，以及國外的影集。當時從沒想過要當一名小說家，不過某天家父讓我看一本徵稿雜誌，問我要不要試著寫小說……」

所謂的徵稿雜誌，是刊登各類型徵稿資訊的雜誌。上頭也有出版社舉辦的小說新人獎的資訊，對於立志當小說家的人選擇投稿對象很有幫助。

「本以為他是在開玩笑，我怎麼可能寫得出小說。家父並不是從我身上看出一絲當小說家的才能，他眼中只看到徵稿雜誌上所寫的文學獎獎金。」

Y先生的父親和小說沒半點關係。當時他把錢都拿去賭了，一家生活困頓。徵稿雜誌上刊出的獎金金額看在他眼中，應該是頗具吸引力。而且小說和賽馬、競艇不一樣，幾乎不需要本金。如果只是挑戰看看，不會對生活帶來任何影響，成功的話還能賺進大把鈔票。

「說來慚愧，當時我沒去大學上課，都在家裡玩線上遊戲。我在父母面前抬不起頭來，總是帶著一份歉疚感在過日子。而這樣的我，卻擁有一項特殊技能，那就是藉由線上聊天所練就出的打字速度。我一向邊打電玩，邊傳訊息給朋友。我打字的速度似乎快得異於常人，是朋友點出這件事，我才發現的。」

只要腦中思考起話語，緊接著下個瞬間就能化為文字，顯示在畫面上。就像腦袋與畫面直接連結般，沒半點時間延遲，我就能直接將話語打成文字。

「另一方面，家父不會用電腦，連什麼是文書處理軟體也不知道，也沒那個能力靠手寫來寫作。所以他才會決定利用我來寫小說。」

Y先生原本沒這個意願，但父親威脅他「你如果不聽從，就滾出這個家」，他只好百般不願地遵照父親的吩咐。

然而，他根本不懂小說的寫法。話說回來，小說到底是什麼？怎樣的東西可以稱之為小說？Y先生想起高中時代，曾在圖書室借閱我的著作。那是他為數不多的讀書記憶。他就這樣以我的小說當線索，開始摸索用文字來表現故事的方法。

「我決定先試著寫點什麼。我心想，就算寫出的是差勁的作品，反正家父也分辨不出好壞。所以我懷著輕鬆的心情，就這樣開始左手玩線上遊戲，右手寫小說。」

他可以左右開弓，同時進行不同的作業，這是只有他才能辦到的變態技能。他準備了兩臺電腦，一臺玩遊戲用，一臺寫作用，左右手各自進行不同的操作，短短幾天就寫出他的第一本小說。他也沒仔細推敲內容，就列印出來，交給他父親，他父親看也沒看，便郵寄到徵稿雜誌上刊登的出版社地址。

「這樣的過程不斷反覆。徵稿雜誌上列出的大部分新人獎，我幾乎都寄去過。

有些新人獎偏好愛情小說，有些偏好推理小說，每種類型都得嘗試。我一邊挖掘自己過去看過的漫畫和國外影集的記憶，一邊寫作。事前沒特別構思劇情，而是先寫再說，邊寫邊構思劇情的發展。如果寫得不順利，就回到更前面的場景，以其他的劇情發展來改寫。」

從那時候起，他的寫作速度便非比尋常，但總之就是快。就算是大幅改寫，也幾乎可以無視時間或勞力的浪費。比起事前構思出正確的情節、戰戰兢兢地寫作，像這樣嘗試錯誤和一再反覆地持續寫作，從中找出正確之道的風格，反而更適合他。

「我根本就沒有在寫作的感覺。不過，我覺得只要自己寫小說，似乎就能幫上家父的忙，心情也因此變好。即使沒上大學，也不會感到歉疚。當時我完全沒辦法想像有人會讀我寫的作品。送去參賽的原稿，本以為他們會看也不看就扔進垃圾桶，而且就算是那樣也無所謂。後來我才知道，我寫的那些不堪入目的文章，他們竟然都仔細閱讀過了。」

送去參加新人獎的原稿數量眾多，不可能全都送交給擔任評審委員的作家們閱讀。為了加以篩選，會先初步審閱。編輯或雇用來進行初步審閱的人，會將所有原稿都看過一遍，挑出有潛力的作品，其他一概淘汰。

Y先生文章的特色就是簡單易讀。一律不用艱澀難懂的表達方式，易讀好懂。也許這該歸功於他不看純文學，不追求小說的藝術性。他在不知不覺間學會寫不夾帶多餘裝飾的功能性文體，而文體簡單易讀的原稿，在新人獎篩選時很吃香。

「某天，家父的手機接到出版社打來的電話。因為家父投稿時，留的是他的聯絡電話。說來實在難以置信，出版社說我的作品進入最後決選。家父開心極了，家母聽了家父說明情況後，也大力誇獎我。我很高興，喜不自勝。因為那是我人生中第一次獲得認同。」

雖然很遺憾，最終只進入最後決選，就此止步，沒能拿到獎金。但過沒多久，陸續有其他出版社來聯絡。

Y先生投稿的作品，雖然他本人覺得不怎麼樣，但其實已達到相當的水準。面對故事這塊攤開的包巾布，他確實有能力可以將它漂亮地包好。也許沒有天才那樣的鋒芒，但在他以如此驚人的寫作速度陸續發表作品的過程中，比一般立志當小說家的人獲得了更多經驗，從此學會編寫故事的方法和要訣。

「寫完我第一部作品大約一年後，我贏得了新人獎，獎金是一百萬圓。接獲這項報告時，我父母緊摟著我哭泣，說他們以我為榮。那是我人生中最棒的一天，但我的喜悅很快便消失了。因為我被告知，我的得獎作品將會出書。我父母知道出書可以拿到版稅，更加興奮了。但我卻內心為之一沉，自己的文章將攤在世人面前，再也沒有比這更羞愧的事了。」

他一丁點也沒有想讓更多人看到自己作品的念頭。他的作家人生因為這樣的緣由展開，但對他而言，卻是不幸的開端。

三

「寫小說並非出於我的本意。我是聽家父的吩咐，為了贏得獎金而寫。因為順利贏得獎金，本以為已達成目的，但事情並未就此結束。我萬萬沒想到自己會以小說家的身分出道，而且被迫寫了第二本書、第三本書……」

「這是當然的。對出版社來說，這就像是撒餌等魚上鉤。為了抓住受獎金誘惑而來，以作家為職志、有前途的新人。要是只支付獎金，沒出版下一部作品，對方就這樣消失，這對出版社來說可就虧大了。」

我和Y先生面對面坐著交談，地點是我大樓住處的客廳。他就像在害怕什麼似的，手微微顫抖。

不同於先前對談的情況，此刻身邊沒有責任編輯、撰稿人和攝影師，也沒有用來錄下對話的錄音筆，擔任他經紀人的父母也不在場。

從窗戶可以看到夜景。夜已深，本想請他喝酒，但他拒絕，於是我改為沖了杯咖啡，擺在他面前。

「我腦中想出的文章擺在書店裡，攤在眾人面前，這對我來說是很丟人的事。為什麼其他小說家都能處之泰然呢？」

「Y先生，您自己不也是小說家嗎？」

「我不是，請別那樣稱呼我。」

「您都寫了那麼多書，竟然說這種話。您的著作數量已遠超過我了。如果您不是小說家，那又有誰有資格呢？截至目前為止，您已寫出幾本小說了？」

「我今天剛完成第三十五本小說的初稿。」

「離前些日子您與我的對談，只過了短短三個月。三個月要怎麼寫出五本小說呢？您這不是在開玩笑嗎？」

「因為我拚了命地寫……」

雖然我認為就算再拚命也寫不出那樣的文字量，但Y先生就是寫得出來。

「可以詳細告訴我，您得獎後的情形嗎？」

Y先生喝了口咖啡，凝望著夜景，平靜地娓娓道來。

此時離黎明尚遠，整個市街盡皆籠罩在黑暗中。

×××

我以作家的身分出道後，最早變得古怪的人是家母。獎金一匯入我的銀行帳戶，隔天便換成了新衣和飾品。家父對此大為震怒，和她大吵一架。家母也有她的說詞，她說，要是她不快點用這筆錢，最後一定會被家父拿去賭。

家父的怒火很快便平息了，因為他從我的責任編輯那裡得知我第一部作品出版的版稅金額。家父眼神為之一變，叫我要接著寫第二本和第三本。他似乎認為只要有書出版，就能拿到這麼多錢。

起初我拒絕。因為自己的文章攤開在世人面前，令我感到抗拒。但沒有用，連家母也一起要我寫小說。我百般不願，最後家父朝我揮拳。他一面痛毆我的臉頰，一面以惡鬼般的神情說「你要是不寫，我就宰了你」。比起臉頰的疼痛，他的表情更可怕。我提不起勇氣反抗，最後決定照他們說的話去做。

那時候的我還有餘力可以趁玩線上遊戲的空檔時間寫小說，維持左手玩遊戲，右手打字寫小說的方式。基本上，就算沒看螢幕，我也能打出文章，所以我向來都只盯著遊戲畫面。這對腦部來說，應該是一種不錯的刺激。

左手操縱遊戲，同時腦中思考故事的情節和角色間的對話，右手打出文字。

而在我寫完第五本書時，就再也不能這麼做了。因為我用來玩線上遊戲的電腦被砸了……

家父突然大發雷霆，將電腦從窗戶扔了出去。

「寫作時不能玩遊戲。」

的確，如果看在熱愛小說的作家或編輯眼中，邊玩遊戲邊寫作的我，一定不是個真心面對小說的人。但家父並不是為小說著想而罵我。

因為左手玩遊戲的緣故，我只能用右手寫小說。而因為遊戲的關係，寫作只有一半的速度。要是不讓我玩遊戲，要我用雙手寫作的話，寫小說的速度將會增加一倍。家父似乎打著這樣的算盤。

只要寫書出版，就能拿到初版印量的版稅，我寫愈多書，家中生活就愈富裕。所以家父看準了，只要提高我的寫作速度，就能獲得更多收入。

當時的我還不知道自己的小說賣得怎樣，我對初版印量是多少，根本不感興趣。就連哪部作品再刷，我也不知道，一切全都交由我父母去打理。

與出版社的往來，也都是由我父母負責。每當有出版社要委託我寫新書，我父母好像都會到一些名貴的店家接受招待。像這種時候，我都是繼續在家中寫作。父母陸續攬下工作，擅自與對方談妥截稿日，所以我苦不堪言。

我被大學退學，處在近乎被監禁的狀態，過著從早到晚不停寫小說的生活。我無法玩線上遊戲，父母為了防止我摸魚，會輪流待在我房裡監視我。就連為了上廁所而離開電腦前，也得徵求他們的同意。

我被奪走遊戲後，寫作速度確實提升了。用雙手打字後，文章以更勝以往的速度顯示在螢幕上。腦中想像的情景、登場人物的動作、心情等，緊接著下個瞬間便會化為語言出現。室內不斷傳出敲打鍵盤的聲響，鍵盤每隔幾天就會承受不了負荷而損毀，必須更換。

當我專注在寫作時，打字的手不時會超越我腦中的思維。明明應該是先在腦中浮現故事，接著轉為文章，但我的情況卻相反。腦中接下來才要浮現的故事，我的手已早一步打成了文章。我是在看到螢幕上的文章後，才知道我想寫的小說是怎樣的情節發展。不過，這也許只是腦袋處於興奮狀態，產生了這樣的錯覺……

有時當我寫膩了，為了轉換心情，我會左右手分別寫不同的小說。在我身後監視的父母可能沒發現，我同時打兩個鍵盤，愛情小說與驚悚小說並進。如果以這種腦中同步播放兩種故事的方式寫作，當腦部的資訊處理能力達到了極限，我便會感到頭部發熱，又麻又痛。

平均一個禮拜一次，他們會准許我外出轉換心情，帶我到家附近的公園或是車站前的商業大樓。每次我父母總會有其中一人陪同，應該是要監視我，避免我逃走吧。

我父母就此成為金錢的奴隸，猛然回神，他們已買下昂貴的進口車，名牌包和鞋子也愈來愈多。他們擅自使用我的版稅，我不曾抱怨過半句。因為我沒有想要的東西，而且以那種小說賺來的錢，我也不想用。

這就像詐欺一樣，令我有種罪惡感。我不覺得自己寫的小說多有價值，與其他小說家寫的小說相比，我的小說根本就是粗製濫造，應該被唾棄。我覺得自己就像在騙讀者錢一樣。

外出時前往書店，會看見我的書被平放展示。只要一映入我眼中，我就感到羞愧無比，很想當場消失。如果我手中有槍，我應該會朝自己的太陽穴開槍吧。還好當初用的是筆名，如果書的封面印上我的本名，我或許會當場咬舌自盡。

我的小說是這世上最沒價值的東西。我被迫硬是寫下我根本不想寫的文章，讓它們誕生在這世上。都是因為出版社宣傳這樣的東西，才會有讀者受騙上當買回家。我寫的故事，都是一些似曾在哪兒看過的作品，只是換了不同版本。我只是善於改寫而已，並沒有寫出什麼全新內容。我的小說內容膚淺，讀完馬上就忘。

和那些宛如從靈魂深處拉出故事來、真正有價值的小說一同擺在架上陳列，我真的問心有愧，打從心底感到排斥。我的書玷汙了書店的層架，我的小說讓出版界蒙羞，書店店員為了支持我的小說而製作的宣傳廣告，令我萌生殺意。

我心裡抱持這樣的想法，我的父母完全沒察覺。

他們就只會命我寫作。

起初，我的父母還會感謝我，笑著說託我的福，生活變得富裕。我之前因為被大學退學，造成他們的困擾，所以能被感謝也很開心，覺得自己終於能回報他們的恩情了。

但隨著生活水準提升，父母對我的態度也變得愈來愈不尊重。我寫小說賺錢變成理所當然的事，他們對我也不再有感謝之情。

我還曾因為嫌棄寫作，而把自己關進廁所裡。但家父馬上破壞廁所的門鎖，一把揪住我的衣襟，對我動粗。他一邊痛毆我的臉和肚子，一邊說「給我寫、給我寫、給我寫」。

出道兩年半時，我們搬家了。搬進東京一棟大樓的七樓，那裡的位置和環境很好，窗外的視野絕佳。坪數大，房間也多，其中一間是用來監禁我，供我寫作的房間。

我有兩名堂兄弟，我父母雇用他們來監視我。我這兩名堂兄弟沒出外上班，可能是也找不到工作吧。他們就這樣盤腿坐在監禁我的房內地板上，整天不是滑手機，就是抽菸。我根本沒辦法逃走。他們兩人比我有力氣，而且似乎很習慣和人打架。

從那時候起，我便很想不再寫小說，一個人逃向遠方。再這樣下去，我將化為一臺機器，不斷創造出沒有價值的小說。我有了這樣的危機感。

我的第三十本小說出版時，出版社向我提出與人對談的請託。之前我都拒絕一切的採訪和對談，但我父母想必是判斷這樣能為我的新書宣傳，肯定有利可圖。我無從拒絕，只能接受請託，就這樣與老師您展開了對談。

那天，我父母帶著我前往舉辦對談的飯店，但一走出計程車外，我便趁機逃跑。我不知該往哪兒跑，就這樣不顧一切地往前衝。我只想遠離我父母，只想逃離出版界。不過，我那缺乏運動的雙腳跑不遠，很快就被捉住……

當時真是給您添麻煩了。為了避免誤會，我要先聲明一點，挑選老師您當對談的對象，是我個人的意思。當時他們問我想和誰對談，我便說出老師您的大名。我是老師您的書迷，這是確切的事。

不過，說我害怕對談而臨陣脫逃，那其實是為了掩蓋真相而捏造的謊言。我其實是想逃離小說的世界。

四

因為發行了三十本書，我家的生活水準也因此大躍升。雖然我不清楚實情，不過，出版社似乎多次再刷，我家因而得以過著和富裕階層一樣的奢華生活。我的父母出入高級餐廳，完全不在意價格，盡情地享受美食、暢飲美酒，甚至出國旅行，將監視我的工作交給那兩位堂兄弟負責。

另一方面，我則是被關在房裡，每天被迫寫小說。我心中的忿恨不斷累積，漸漸對小說這個領域感到憎恨。就是因為有小說，我才會這麼不自由。我的人生因為小說而受到束縛，我開始有這樣的想法。

但如果我不寫作，便不會被當人看待。說來實在難以置信，我一天要是沒寫出規定的字數，就沒飯可吃，還不准洗澡，甚至不讓我睡覺。為了穩定地從我身上榨取出小說，我的父母訂出這樣的規則。

在這樣的生活中，我姑且還算是有娛樂，那就是寫作時上網查資料。我以供寫小說參考的名義，一面播放電影或影集的串流影音，一面寫作。我用一邊的視線追看電影大綱，分析劇本的構造，受登場人物的臺詞所感動，同時以另一邊的視線在開啟的寫作用視窗中寫小說。儘管處在被監禁的狀態，但我之所以還是能寫出各種類型的小說，全是因為各種作品都已輸入我腦中。

就在進行那場對談一週後的某天，我們突然遭遇家破人亡的危機。因為家父投資失敗了。

想必是家父太得意忘形了。他似乎是為了擴大資產，一個外行人卻偏偏去碰複雜的投資。起初還賺了點錢，但後來誤判抽身時機，待回過神來，已負債累累。

家母怒不可抑，和家父大吵一架。雖然接下來還會有版稅收入，但還是填補不了債務。家父與家母大吵一架後，向我跪地懇求道：

「拜託你努力寫小說。用比過去快兩倍，不，快三倍的速度寫。如果你不這麼做的話，我就殺了你，然後我也自殺。」

一度嘗過富裕階層的奢華生活後，家父想必已不想再回頭過苦日子。

「我沒辦法啦，我沒辦法再寫得更快了。」

「你沒問題的。你以前不是常大幅重寫嗎？把已經寫好的部分刪掉，再寫上類似的文章。如果省去這個麻煩的步驟，寫小說的速度應該就可以再提升。」

家母也同意家父的說法。

「沒錯，我在你身後監視時也發現了。你為什麼要這麼做？太浪費了，那可是你好不容易才寫好的文章啊。把寫好的文章刪掉，不就跟把白花花的錢拿去扔沒兩樣嗎？」

我寫小說的風格是先試寫看看，如果不順利就改寫，如此一再反覆。我幾乎都會試著一路寫到最後，但有時也會因為收尾的結局不好，而又回到開頭重寫。就像在找路一樣，寫下長篇的文章，然後又刪掉，如此完成一部作品。因為我欠缺才能，如果不這麼做，就無法維持品質。儘管如此，我還是懷疑自己的作品是否有作為商品的價值，但畢竟這是要出版呈現在眾人面前的作品，所以我才會想一再改寫，直到自己滿意為止。但我的父母不能理解我的想法。

「我說，不管你重寫哪個部分，也沒多大不同啊。那些買你書的傢伙，都是買了書之後才看內容對吧？在買書時就已經付了錢，所以不管裡頭寫的是什麼內容，都還是我們賺到。就算你不重寫，錢還不是一樣照拿。」

「你就別再重寫了。總之，就盡量多出書吧。只要出版社加上漂亮的封面，大力宣傳，一定會有很多人買的。因為買書的人都不是看了內容後才買的，不管怎樣的內容，都是靠宣傳才大賣的。你根本就沒必要重寫。」

我一時懷疑自己的耳朵。我的父母似乎真的這麼認為，當我明白這件事情時，瞬間因氣憤而沖昏了頭，待回過神來，已一把揪住他們兩人。

我大叫大鬧，在房裡大肆破壞。在附近待命的那對堂兄弟將我壓制在地，一再地痛毆我，直到我昏厥為止……

我好不甘心。我知道自己的小說沒有價值，就算出版問世，它也沒有足以改變世界的藝術性，只有一定數量的人會消費購買，是沒有意義的故事，我自己也有這樣的自覺。但就連這樣的我，也無法原諒父母說的這番話。那是幾欲令五臟六腑翻攪的憤怒。為什麼會激起我如此強烈的情感呢？當我思索這個問題時，我這才發現。雖然繞了好長的路，但我終於理解了。我遠比自己想像的還要喜歡小說，對小說充滿了愛。照理來說，我被迫寫作，應該憎恨小說才對，真是奇怪。我原本不常閱讀，但在持續寫作的過程中，小說化為我人生中的一部分，所以對父母那無心的話語，才會這麼生氣。為了守護我的小說的尊嚴，我馬上一把揪住他們。我對做出這件事的自己感到自豪。

×××

「……接著我又開始寫小說。在不犧牲品質的情況下，以更勝以往的速度寫作。」

Y先生說。

在他講述這段漫長告白的過程中，咖啡已經涼了。

「今天晚上……就在幾小時前，我第三十五本小說的初稿完成了。」

「這樣啊，恭喜。」

「我在寫作時，有種不可思議的感覺。我也說不上來，我幾乎完全沒重寫，就像故事自己在成長一樣，小說就這麼完成了。所有登場人物全緊密串連在一起，在故事中發揮功能。寫著寫著，我就像在自己內心深處展開探索般有種沉浸感，在某個瞬間，我藉由寫書而第一次意識到自己的心情。我第一次心想，搞不好小說家一直都是以這種感覺在寫小說。」

「您的意思是，您到了第三十五本著作，才真的成為一名小說家嗎？」

「也許是吧。寫完後，我感慨良深，同時有一股滿足感。所以我決定結束這一切。外頭天色已暗，我房裡沒人監視我。房門從走廊那一側鎖上，只有在我要上廁所時，才能請他們開門。我按下列印鈕，在印表機運作的這段時間，換上正式的服裝。是之前對談時穿過的西裝外套，畢竟機會難得，我想穿這身衣服上路。我將印好的原稿整齊地擺在桌上後，來到外面的陽臺，從大樓的七樓縱身一躍而下。」

「跳樓自殺嗎？」

「是的，但不知為何，我活了下來。大樓旁樹木茂密，我的身體撞斷了樹枝，摔落地面，可能就是因為這個緣故，減緩了落地的速度。而且底下就是垃圾回收場，大樓的住戶丟出的大量垃圾袋堆積如山。掉落瞬間那強大的衝擊力，幾乎令我喘不過氣來，但我沒因此昏厥，也沒受重傷。」

「可真湊巧。」

「那時我忍不住笑了。但直到現在，我的手仍因為恐懼而發抖。我還記得身體一路墜落的感覺，在那一瞬間，我確實已死過一回。」

Y先生在渾身垃圾的狀況下站起身。

落地似乎發出了巨大的聲響，大樓的窗戶陸續亮起燈光，住戶們來到陽臺，俯視著Y先生。

「我可不想重回房間裡。正當我不知如何是好，心裡一片茫然時，手伸進口袋，摸到老師您的名片，是之前對談時您給我的。我照著印在名片上的地址，一路走到這裡。」

Y先生拜訪我住的大樓，按響門鈴，是兩個小時前的事。他的模樣怪異、頭髮零亂，臉頰沾著泥巴，西裝外套也破破爛爛，好像勾到了什麼，布料都破了。他全身散發垃圾的臭味，表情倒是神采奕奕。現在的時間已算是深夜，但因為我都過著日夜顛倒的生活，目前還不睏。於是我決定請他進屋，聽他怎麼說。

「我身上沒帶錢，無法坐計程車，這一路上都是用走的。」

「你一定累壞了。」

「我充分嘗到自由的滋味，已好久不曾這樣了。」

Y先生深深坐進椅子，心滿意足地吁了口氣，望向窗戶。然後就像覺得刺眼般，瞇起眼睛。

從我的房間可飽覽市街的景致。不知不覺間，東邊的天空已露魚肚白，清晨到來。

接下來有一段時間，我將Y先生藏在家中。這件事我連責任編輯也沒提。不難想像，他父母現在一定四處找尋他的下落。我擔心我的責任編輯會因為同業的關係而洩漏消息，讓他父母得知他目前的藏身處。

Y先生希望能在一個和出版業無關的世界低調地過日子，我想幫他完成這個心願。一來是出於善意，二來是出於看熱鬧的心情，想看他奇妙的人生究竟會有何發展，對此充滿期待。我建議他逃往九州的地方都市藏身，Y先生也同意。他在那裡的市鎮租了間小公寓，開始過著獨居的生活。

辦理住民票[1]異動時，他申請了限制閱覽。這麼一來，除了他本人外，其他人都無法申辦住民票，再也不必擔心會讓人知道他現在住在哪裡。而辦理戶籍的分籍手續後，他設立了自己一人的戶籍。這是為了日後與人結婚時，不會被家人知道。

最後，他寫了一封簡短的信，郵寄給他的父母。

「請不要找我。只要你們答應不找我，我就放棄所有小說的權利。」

信上似乎寫了這樣的內容。上面沒寫他的新住址，為了不讓家人從郵戳上看出他住哪個區域，他在旅行的中途寄出。

他就此與父母斷絕關係，告別小說家的人生。

原本每個月都會出版著作的Y先生，在第三十五本突然劃下句點。他短短三年又三個月的作家人生，有這樣的出版量實在異於常人。尤其是最後一部作品，在讀者中擁有超高人氣，書評家也讚譽有加。

我曾試著若無其事地打聽過他父母的近況。據說靠著Y先生著作的版稅收入，他們免去破產的危機，但日子無法過得像昔日一樣奢華，又回歸質樸的生活。

某天，他的父母帶著小說原稿去見擔任Y先生責任編輯的那位女性。他們堅稱手上拿的是Y先生的全新作品，但那明顯是外行人寫的拙劣小說。可能是Y先生的父母要他那兩位堂兄弟寫的吧，不僅文字粗糙，內容也支離破碎，根本不懂想要表達什

1. 戶口名簿主要是記錄當事人的身分、親人等關係，住民票則是證明住戶的居住關係。

麼，甚至連小說都稱不上。聽到這件事，我心裡很痛快。

雖然Y先生很貶低自己的作品，但那和外行人寫的東西有明顯的區隔，是如假包換的小說。他的小說會引起讀者的興趣，讓人繼續翻頁，看得熱血沸騰，而且伏筆都有明確的交代，讓故事巧妙地完結。他就是有這樣的本事。Y先生的父母肯定現在才發現自己的兒子是多罕見的人才。

後來我和Y先生成了每年都會打幾通電話閒聊的朋友。他逃亡的生活費全部由我籌措，為了還這筆錢，他出外求職。他苦讀程式語言，最後進入一家軟體開發公司任職。據他所言，小說寫作和程式設計基本上很類似，他能充分發揮昔日當小說家時的經驗。雖然不知道他寫的是怎樣的程式，不過，想必是以驚人的速度完成，一個人抵好幾個人用吧。他拿到頗高的薪水，和公司的女同事交往，後來兩人結婚生子。

我問他是否已不再寫小說。

「饒了我吧，我已經受夠了。」

他的聲音聽起來很開朗。

×××

「寫得出小說的人，真的都很令人尊敬。那是只有上天賜予特別才能的人，才能從事的工作。和我們這種平凡人相比，一定是不同的人種。這樣的人一定很幸福吧。」

他妻子的這番話，令我感到不知所措。

我思索片刻後回答道：

「視情況而定，也許不寫小說的人生才幸福呢。」

「是嗎？」

我到外地旅行時，順道去朋友家拜訪，和他們共進晚餐。他太太親手做的料理很可口，這位朋友看起來一切安好，真替他高興。

我們喝著酒，聊天談笑，這時電視正好開著，我們一起看綜藝節目。擔任節目來賓的演員開始為新片宣傳。剛剛廣告才播出過，是以Y先生第三十五部作品改編而成的電影。

這時他太太突然說道：

「自己的小說要是拍成電影，原著作者可以基於這項特權，和參與演出的演員見面嗎？真好。我是這位演員的忠實影迷呢，真想和他見面。」

我朝朋友望了一眼，但這位朋友從太太身上移開目光，裝作沒聽見，開始逗起孩子來。他與太太結婚，但一直沒說出自己的過去。與我認識的經過，以及昔日我們在職場上的關係，他似乎都只是含糊幾句帶過。他的太太始終不知道自己的丈夫便是這部電影的原著作者，在一旁暗自咕噥道「真羡慕小說家」。

四

キ

一

讀者寄來的信件中，有這麼一段內容。

老師，請幫幫我。自從我在舊書店買了某本小說後，就一直覺得有動物在家裡四處走動。我明明沒養寵物，但睡覺時會覺得枕邊有像是狗用鼻子發出的噴氣聲。起身點亮房內的燈光一看，當然是空無一物。可是我在舊書店買回來的那本小說四周卻溼答答一片，就像是狗的口水滴在上頭似的。

我的工作是在怪談類雜誌上寫文章。因為這個緣故，我收到的讀者來信上寫著靈異類的故事，早已不是什麼新鮮事。

這位讀者似乎是買到了被動物靈附身的書。擺在舊書店裡的書曾經過他人之手，所以有靈體附身的比例相當高。如果想避開靈體作祟，小說的單行本就不該買二手書，而是應該到書店買新書。

其他讀者也寄來內容相似的信件。

我之前在書店買過小說，之後怪事連連。我住的是禁止飼養寵物的公寓，但夜裡屋內卻傳來貓叫聲。這不是我幻聽，因為鄰居向我抱怨，懷疑我偷養貓。不光是我，就連鄰居也聽到貓叫聲。我心想，貓該不會是躲在家具的縫隙裡吧，仔細查找了一番，但到處都沒看到貓的蹤影。我心裡發毛，看著那本看到一半的小說，結果發現書頁間傳出像貓尿般的臭味。我這才明白原因是出自這本書，感到害怕起來，扔了那本書，之後就再也沒發生怪事了。

看來，書店販售的新書似乎也有被動物靈附身的案例。到底是在怎樣的緣由下，動物們的怨念附在了書本中呢？有沒有可能是在運往書店的過程，例如在運送途中，卡車輾死了貓呢？就算不是二手書，似乎還是有一定的比例會遇上靈體作祟的風險。

這兩封信分別是不同的人所寫。他們住的地方相隔甚遠，筆跡也大不相同，應該也不是朋友關係。毫無關係的兩人，竟然碰巧都寄來了類似的經驗談，我才剛這麼想，接著就在網路上發現以下這麼一則故事。

我家養的狗突然變得很古怪，感覺不知道在害怕什麼，突然就會一陣猛吠。最近我在網路上買了一本小說，我家的狗總是朝那本書低吼，不知道為什麼。那是內容很普通的一本小說，並不是特別有趣，但我在看那本書時，我家的狗說什麼也不肯靠近我。遠遠地望著我，好像很替我擔心似的。我覺得心裡發毛，書沒看完，便拿到附近的舊書店賣了，之後我家的狗便恢復正常了。

我因為工作的緣故，都會上網找尋能充當小說題材的奇妙故事。之前沒特別放在心上，但現在我發現，早在幾年前開始，網路上就有人提到許多類似的經驗談。

這一個月來，屋裡莫名地臭，聞起來像是狗肛門發出的騷味，或是貓的屎尿味。晚上睡覺，感覺棉被上有股壓迫感，就像有貓狗壓在上面一樣。坐在椅子上，腳邊會感覺好像有某個毛茸茸的東西穿過，令我全身起雞皮疙瘩。當然了，我家沒養狗，也沒養貓。前些日子，我朋友到我家來，好像看到了倉鼠的鬼魂。朋友說她上廁所時，看到天花板滿滿都是倉鼠。她嚇得驚聲尖叫，衝出廁所，之後重新確認，已看不到倉鼠的蹤影。正當我害怕起來，考慮要搬家時，發現書架四周滿是動物的腳印。我將書架裡的書全部扔了後，屋裡的臭味便消失，也沒再發生怪事。我想，大概是書架裡有某本書被詛咒了吧。

書與動物靈這種組合的體驗談，不知為何特別多。一開始應該只是某人以這樣的組合寫出原創的故事，後來其他人加以參考模仿吧。或者是真有動物靈附身的書存在，在不知情的情況下，進了舊書店裡頭買賣，輾轉流落各地，折磨書的主人。但在書店買回新書的人，卻也有靈體作祟的體驗。一本書不太可能會一再地在不同人手中轉手。

話說回來，這些故事裡的人，全都查出書本就是造成靈體作祟的原因。那麼可能其實有更多人受動物靈所苦，但他們沒發現是書本所造成的。

為了解開這個謎，我決定展開行動。並不是因為我替那些被不明原因的動物靈困擾的人們擔心，而是我覺得這或許能充當小說的題材，對此滿懷期待。

我先回信給這兩封信的寄件者。我在信上感謝他們常閱讀我的小說，並告訴我動物靈的故事，接著詢問造成靈體作祟的那本書。

約莫過了十天，這兩人回信了。根據他們信裡的回答，兩人購買的書似乎是不同的書名，但驚人的是，這兩本書都是出自同一位奇幻小說家之手。作者的名字是K，似乎是一位年近三十的男性作家。如果這兩位受靈體作祟所苦的讀者不是事先說好，一起提到K這個名字，不可能會這麼湊巧。

K到底是位怎樣的作家呢？我看到這個名字，一時也沒意會過來。但上網調查他的經歷後，我馬上便憶起。哦，原來是那位K先生啊！一股懷念之情油然而生。

當初K還十幾歲的時候，我在出版社的派對上見過他。當時K才剛贏得驚悚小說的新人獎，但出了三本小說後，便再也沒聽到他的名字，我便忘了他的存在。似乎是在我不知道的這段時間，他沒再寫驚悚小說，寫作風格改走奇幻路線。

我因為感興趣，本想上網訂購他的書，但全都絕版了。網路上對他著作的評價都很低，因為銷量不佳，所以也沒再版，似乎連電子書也沒販售。不得已，我只好找尋二手書，決定先弄一本來瞧瞧。

K這位作家是在十多年前嶄露頭角。他就讀東京一所高中，瞞著家人和朋友，暗中寫作小說，投稿到驚悚小說的新人獎比賽，並贏得了大獎。故事主軸粗糙，有些地方很突兀，顯得不太成熟，但從中可以看出異樣的氣勢。印象中頗獲評審委員好評，驚險贏得大獎。

他的出道作，書名為《凶》。聽說是從「凶險」或「凶忌」等字彙中抽出「凶」這個字作為書名。

當時我大致看過他的書，那極度的殘酷描寫令人作嘔。從文章中看得出，這位作者想必對破壞人體很感興趣。在前幾頁都還說著臺詞的女性或小孩，三兩下就變成了肉塊，皮膚被剝下，內臟被丟在路旁。登場人物毫無生命的尊嚴，在故事中一下子就領便當了。那內容就像是反道德的展現。

小說《凶》的主角是個沒有名字的青年。他在衝動下殺人，為了躲避警察搜查而踏上旅途。他這一路上一再犯罪，搶奪錢財，過著躲藏的生活。不久後，主角對藝術產生興趣，開始用鮮血作畫。手指插進剛殺害的人的傷口，用沾附在手指上的鮮血塗在撿來的素描本上，畫出心中想像的風景。不知不覺間，主角已不是為了生存而殺人，而是為了作畫而殺人。對主角來說，人類就只是裝滿紅墨水的墨水瓶。

看過《凶》的人，想必都很替作者異於常人的精神感到擔心吧。擔心這位十多歲的作者，不久後會不會成為未成年罪犯。

所以在出版社的派對上，編輯向我介紹這位陽光青年時，我大吃一驚。

「幸會，我是這次剛出道的K。能和老師您見面，深感光榮。我從以前就拜讀老師的著作。不知道您是如何想出那樣的情節發展，請務必賜教。」

K這位十多歲的作家，在責任編輯的引介下，展現出謙恭有禮的態度。他是個中規中矩的人，比起在人多的場合總是戰戰兢兢的我，他感覺更習慣這樣的場合，就這樣與初次見面的作家們展開交流。他長得好看，身材又修長，給人一種潔淨感，看起來像是班上核心人物的高材生。這位開朗的青年竟然會寫出那種小說？事實上，我差點因此思緒紊亂。

我和K就只見過那次面，也沒互留聯絡方式，就此過了一段完全沒交流的歲月。

而現在，我已經買到他所有作品的二手書。

一共五本。我試著以出版順序排列。

《凶》

《包》

《噁心》

這三本是他在驚悚小說作家時代寫的作品。每一本裡頭都滿是獵奇的陰沉內容。

後來他轉向奇幻風格，出版了以下兩本書。

《花露幻想曲》

《你和我是朋友》

我大致看過內容，似乎沒有他個人獨特的那種看了很不舒服的虐殺式劇情，可以放心地推薦少年少女閱讀。不知他是起了怎樣的心境轉變，如此極端的作風差異，甚至讓我懷疑是不是別人代筆。

附帶一提，那兩位受動物靈所苦的讀者所購買的，分別是《花露幻想曲》和《你和我是朋友》，這令我有點意外。如果有鬼魂附身，那應該是驚悚作品比較合適才對，但實際上造成靈體作祟的原因卻是健康的奇幻小說，令人存疑。

但話說回來，動物靈附身的對象不是物質的書本，而是小說本身，會有這個可能嗎？動物們可能是依附在這些文字串當中的某個部分吧。當文字印成紙張，一次變成多本書時，附身在小說上的動物靈也會隨之增加嗎？或者與其說是附身在小說本身，還不如說是它引來了存在於周邊的動物靈吧。

我輕鬆地靠在沙發上，翻閱K的書。

突然某處傳來狗叫聲。

我走出陽臺，望向樓下的巷弄，看到有人帶狗散步。剛才的聲音似乎是那隻狗發出的，得知緣由後，我撫胸鬆了口氣。

二

我造訪位於市郊的大學。在校園餐廳等候時，在大學擔任辦事員的I小姐現身。

I小姐是位年約三十五歲的女性，長相秀麗，是路過的人都忍不住會回頭多看一眼的美女。她身材纖細，動作優雅，長髮在腦後挽成圓髻的模樣，活像是從中世紀的歐洲圖畫中走出的人物般，散發出古典的氣質。

我曾經看過她，所以向她詢問。

「我們之前曾見過面對吧？」

「對，我在出版社的派對上曾向您問候。」

她以前曾在出版社擔任自由文字工作者，負責過幾位文藝作家，從事小說出版的工作。她負責的作家當中，有一位就是K。K的著作《凶》、《包》、《噁心》，她都有參與。

開始調查K的我向幾位編輯打聽，因而得知當時負責的I小姐。我取得她的聯絡方式，約好趁她工作空檔見面，想請教她幾件事。我們輕鬆地聊到最近的出版界，以及幾位我們都認識的編輯。接著邁入正題，我希望她告訴我關於K這位作家的事。事前我已在電子郵件中告知此事。

Ｉ小姐將校園餐廳的咖啡杯輕碰唇上，長長的睫毛帶著嫵媚。過了一會兒後，她開始用生硬的表情娓娓道來。

「我擔任Ｋ老師的編輯時，還只是個新人，很多事都還不懂。我是在總編的指示下，擔任他的責任編輯。」

十幾年前，她當時才二十出頭。

第一次擔任作家的責任編輯。

「在和Ｋ老師見面前，我讀過他入選新人獎的《凶》原稿。因為內容太過血腥，過程中我不得不頻頻中斷休息，到廁所嘔吐。像那樣描寫活人遭虐殺的小說，我以前從沒看過，但充滿血腥味的另一面，卻帶有一種悲傷和淒美的情感。我心想，應該就是這個部分受到讚賞，所以才會得獎吧。不過，我不認為擁有正常倫理觀念的人寫得出這種小說，所以我原本很害怕和Ｋ老師見面。」

Ｋ創作出《凶》的時候，才十七歲。

Ｉ小姐擔任他的責任編輯時，他剛好升高三。

「在公園旁一家應該可以從窗戶看見櫻花盛開的咖啡店，我第一次和Ｋ老師見面。我一看到他，大感意外。因為出現在我面前的，是一位與鮮血和內臟彩繪而成的《凶》世界觀形成強烈對比的少年。他就像少女漫畫的主角會愛上的對象，是一位形象爽朗、五官工整的男生，說話也中規中矩，笑容很可愛，想必會有女同學生暗戀他。儘管我和他同桌迎面而坐交談，還是不覺得眼前的少年就是《凶》的作者。我無法相信他腦中會想出那種脫離常軌，以虐待為樂的文章，所以我問他，《凶》真的是您寫的嗎……」

K面露微笑，對她說道：

「當然是我寫的。這件事，過去我連家人、朋友，也都瞞著沒說，不過我很擅長做這類的幻想。因為不想讓大家吃驚，所以我一直都隱藏這種嗜好過日子。」

K頭腦好，在校成績優異，運動能力也很強。而且品行端正，深獲師長信賴，國中時擔任過班長。同學都很喜歡他，有許多好朋友。但他們都沒人知道，K的腦中有如此殘酷的幻想。

「過去我無法向任何人坦白說出自己的想法，因為我知道這樣會受人排斥。我極力守住這個秘密，但現在已經沒關係了。我喜歡我在《凶》中所描寫的世界觀，我一整天都在想人們被殘忍虐殺的場景。我想以作品的形式，定期展現出我腦中的幻想，想透過創作來保有自己的客觀性，定出現實與幻想的界線。如果不這麼做，我覺得我的幻想會過度膨脹，腦袋爆炸，恐怕會因此引發犯罪……藉由將幻想轉化為作品，我感覺它就此從我腦中釋出。《凶》一旦出版，我的嗜好可能就會在家人和朋友面前穿幫。不過，已經無所謂了。我打算在我高中畢業後，讓自己的人際關係重新歸零。讀了《凶》而了解我本性的朋友們大概會離我而去吧，不過這樣也無妨，我反而落得輕鬆。過去我從沒跟任何人談過這種事……」

I小姐和K的第一次見面，在一片祥和中結束，之後在工作中也維持良好的關係。

I小姐強忍著噁心的衝動，將出版前的《凶》又重讀過一遍，提出修改意見。她提出的想法，無損於K原汁原味的嗜虐嗜好，但讓故事變得更通順易讀，同時提出許多能使閱讀節奏變得流暢的點子。K仔細聆聽這些提議，不斷進行務實的修改。K的態度無比認真，看得出他是很真誠地面對小說這樣的創作。

「我對K老師寫的故事實在沒好感。因為那麼輕視生命尊嚴的文章，可說是絕無僅有。登場人物不論是肉體上還是精神上都被逼入絕境，因痛苦而哭喊、絕望，內心遭受重創。沒犯任何罪過的人們，不論男女老幼，都被支解刀割、碾壓磨碎，讓人逐漸失去理性。而K老師就像在觀察昆蟲箱裡的昆蟲一樣，邊描寫這樣的情形，邊樂在其中。從文章中可以感覺出他這樣的觀點，但我對他並不會感到厭惡，他懂得做人的基本道理，和他交談也不會覺得痛苦。世上有許多小說家，和他們在一起令人覺得難受。比起那些很愛性騷擾，或是口出惡言卻完全不當一回事的小說家，K老師算是位有良知的人。雖然他也可能只是表面上裝出有良知的模樣，隱藏他內心真實的另一面……對了，當時發生過這麼一件事。」

Ｉ小姐神情轉為柔和，顯得無比懷念。

「某天Ｋ老師放學後，我和他在家庭餐廳討論。他收下修改過的校樣，聊了一會兒工作上的事後便離開了。我留下來繼續工作，這時，一位穿著和Ｋ老師同一所高中制服的女生走來，將杯裡的水潑向我，然後轉身就跑。對方也許是在學校裡暗戀他的女孩，她目睹我和Ｋ老師在一起，可能誤以為我是他的女友。真相為何，我不知道，這件事我沒告訴他。如果那女孩仔細聽了我們之間的對話，應該就不會誤會了。因為我們之間的對話，大部分都和《凶》的內容有關。我們明明在談論滿是鮮血和內臟的殘忍話題，竟然還會被誤以為是男女朋友……」

小說《凶》在夏天時出版。

一來也因為這是高中生作家的出道作，在愛書人士之間引起很高的關注，但由於內容極度獵奇，評價兩極。持負面評價的人當中，有一定比例的人看到一半便把書扔進垃圾桶裡。

至於Ｋ的家人和朋友，又是何種反應呢？

「出版後有一段時間，Ｋ老師都顯得無精打采。起初他似乎瞞著沒讓周遭人知道他以小說家的身分出道，但在某個契機下，這件事傳了開來。聽說他在得獎時，告訴了親人這件事，所以消息傳到了左鄰右舍。聽說周遭人大感困惑不解，他的母親讀了那本書之後，似乎問了和我第一次和他見面時同樣的問題。『這真的是你寫的嗎？不會是別人寫的吧？』他母親可能是不願相信寫出《凶》這本書的，竟然是自己的兒子。」

Ｋ的家中有母親以及祖父母，父親在他小學時遭遇意外事故身亡。據Ｉ小姐所言，Ｋ的父親是大學講師，教授文學。書房裡擺了許多小說，Ｋ之所以會想當小說家，可以想像是受其父親的影響。

「《凶》出版至今，已經過了十多年吧……但我至今記憶猶新。因為那時候我還是個菜鳥編輯，所以記得很清楚。我在離Ｋ老師就讀的那所高中最近的車站，和放學後穿著制服的Ｋ老師一起在家庭餐廳邊喝飲料，邊討論第二本作品。夕陽從窗外射進，店內染成一片赤紅。Ｋ老師為了第二部作品該寫什麼內容好而苦惱。他帶著一本記下自己點子的筆記本，記錄自己想到的故事點子。我看過他寫的內容，實在太血腥了。他寫的是片段的情景，若分開來看，只是毫無意義的文章，但光是這樣就能從中感受到強烈的邪惡，令人噁心作嘔。如何折磨人、讓人孤立、令人受虐痛苦，上頭寫了好幾種方法。」

第二部小說對新人作家而言，是最初遇上的難關。第二部作品如果寫得不好、令人失望，第一部作品就會留下「運氣好矇上」的烙印。甚至有些作家因為備感壓力，不知該寫什麼好，而就此淡出出版界，只留下一部作品。

K的第二部作品是《包》。我因為有買到二手書，所以也看過這部作品。據他小說裡的說法，「包」這個漢字呈現出人類懷孕的模樣。

「勹」這個部分，表示「人」。

「巳」這個部分，是「胎兒」的意思。

也就是說，母親的腹中有胎兒的模樣，就是「包」。

「小說《包》一再出現剖開孕婦肚子取出胎兒的場景。似乎是當初在寫作時，K老師正為他與母親的關係而苦惱。他的母親之前一直相信自己的兒子是個心地善良的模範生，一路將他養大，從沒想過他內心有如此獵奇的嗜好。因為K老師似乎一直隱藏自己的本性，扮演一位純真無瑕的少年。如今藉由《凶》的出版，他不再隱瞞，因此和他母親產生衝突。《包》當中一再出現關於剖開孕婦肚子的描寫，也許有與他母親訣別的含義在。」

K的母親不認為他寫獵奇小說是件好事，據說I小姐的編輯部也收到他母親打來抱怨的電話。接電話的人不是I小姐，而是其他編輯，他母親似乎向他請求道「請你們別再讓我兒子寫小說了」。

附帶一提，高三生的K似乎一面寫小說《包》，一面準備大學入學考。對原本頭腦就好的他來說，寫作和念書並進，可能不是什麼難事。他考上東京的大學，高中畢業後離開母親的身邊，開始獨自生活。

「《包》正好在那個時期出版。我們兩人一起去確認新書擺在書店裡的模樣，接著我幫他找要入住的公寓。」

K在不用轉乘電車就能前往出版社的路線上租了房子，I小姐當他的保證人。

「當時他正好處在光靠一本小說不知道能否維持生計的尷尬情況下。《凶》沒能再刷，《包》也不知道會不會暢銷，不清楚能否出版第三本書，所以他當時似乎也考慮大學畢業後要找工作。」

對K來說，讓家人或朋友閱讀自己寫的獵奇小說，就如同完全暴露出自己過去隱藏的本性。那等同於揭露自己的秘密，無法想像對身為高中生的他來說，這是何等嚴肅的決定，但他周遭的人們似乎無法理解這點。

「某天，我在咖啡店與K老師討論完後，與他道別，決定先回出版社一趟。我想抄小路到車站，因而選擇走小巷。這時，有腳步聲跟在我身後。我轉頭一看，發現有幾名年輕的男女朝我跑來。他們將吃驚的我團團包圍，對我露出惡狠狠的眼神。那種情況很怪異，我怕得雙腿發軟，連叫都叫不出聲來。」

他們是K國高中時代的朋友。與K關係親密，在痛苦的校園生活中，多次受K的幫助，是對他近乎崇拜的同學。

他們似乎不相信K是自願寫出《凶》這種殘酷的小說，滿心認為是出版社逼他這麼寫的。到底是出於怎樣的思維，才會陷入這樣的想法中，我無法理解，不過對他們來說，K過去所呈現的人物形象，與小說的內容就是這般天差地遠，以致於他們想相信這樣的結論。

「他們你一言我一語，用不堪入耳的髒話罵我。他們忿忿不平，說因為我們出版社出版了《凶》和《包》，使他的人格受到誣衊。我從他們當中感受到一種像信仰般的情感，他們想必是由衷景仰K老師，並深愛著他。他們心中的K老師，是個內心聖潔的人。」

他們不願正視K心裡黑暗的部分，寧可相信《凶》和《包》是別人強迫他寫的。K過去為了掩飾本性，扮演一位潔身自愛的模範生，這樣的人格才是他們要的。

「幸好他們沒對我動粗，我也沒受傷。看到有人路過，他們便馬上鳥獸散。不過，那充滿憎恨的冷酷眼神，至今仍歷歷在目。從那之後，我都盡可能在出版社的會議室與K老師討論。」

她深深嘆了口氣。

我確認手錶的時間。I小姐的休息時間即將結束，她得回去處理大學裡的事務，後續的事只能改天再聽她說了。我還想了解更多的K，例如為什麼他的寫作風格會從驚悚改為奇幻，有如此極端的轉變，他的小說與動物靈又有什麼關係。

離開校園餐廳時，I小姐低語道：

「不知道他現在人在哪裡、在做些什麼，我現在依舊能回想起他的事……」

三

由於病毒全球大流行，採遠距和責任編輯討論的情形變多了。我與出現在書房電腦螢幕上的責任編輯討論今後的寫作方向。我雖然不是什麼暢銷作家，但也是有多項工作同時在處理中，必須將截稿日期分散，避免重疊。

「對了，我正在調查K這位作家。您知道他嗎？」

當我們閒聊時，我試著向責任編輯詢問。

「是曾經有過這麼個人。」

「現在也還在啊，好像改寫奇幻小說了。如果您知道他的聯絡方式，希望能告訴我。」

我一直找不到能聯絡上K的人。替K出版奇幻小說的出版社現在倒了，撥打書上記載的電話號碼也撥不通。

他最後一本著作出版至今，才短短幾年。以年齡來看，K還很年輕，想必還沒退出文壇。可能在某個地方寫小說，過著低調的生活吧。

「很久以前我在派對上向他問候過，從那之後就沒交流了。」

「他是位看起來很正常的青年對吧。」

「因為當時還未成年，他在派對上都喝果汁。他聊到小說時，我只覺得這個人果然品味異於常人。」

「品味異於常人？」我反問。

「他說小說是被壓扁的蟲子。似乎在K老師眼裡，小說就像是被壓扁的蟲子。小說不是印在紙上的一連串文字嗎？上頭印出來的每個平假名或漢字，看起來就像是以手指擰死蟲子時留下的黑色汙漬。所以他說，對他而言，寫小說這項工作，就像是將蟲子一隻一隻擰死、擰死、擰死、擰死，化為文字的汙漬，讓它們一路串連起來。」

「原來如此，雖然不明白他的意思，但感覺挺可怕的。好的意義上來說。」

「就說吧。所以當時我很開心，心想，這是位真正的小說家。」

價值觀異於常軌的人，會創作出打破常識框架的作品。不，應該說，對於世間的常軌備感拘束，覺得難以生存而跳脫規範的人，可能他們最後的歸依之所，就是小說。作家這項工作，是不適合在社會生存的人也能從事的職業。小說不需要資金，只要有紙筆就能展開。藉由將心裡的鬱悶以作品的形式吐出，自己心中的想法也會就此得以重新整理，好處頗多。

K也覺得難以在社會上生存嗎？我猜想，他擁有將獵奇的幻想作為嗜好的本性，以及佯裝成品行端正模範生這樣的演技，夾在這當中想必備感拘束吧。

不過，他說小說是擰死蟲子的汙漬所串連而成，我真是佩服他。在K心中，每打一個字，就像是擰死一隻蟲子的性命嗎？讓以性命換取的文字誕生在這世上，就此構成小說，就是他心中對寫作的感覺嗎？

我結束遠距討論，離開電腦。

我走向客廳，檢查室內的臭味。氣味很一般，沒特別臭，空氣中沒有瀰漫貓狗的屎尿味。接著我檢查事先架設的攝影機錄影畫面，試著快轉，但都沒看到像動物靈的東西。

桌上擺著K的作品。我確認過周遭有沒有貓狗或倉鼠的腳印，但同樣沒看到。將K的作品擺在身邊，應該會引發靈體作祟才對，但截至目前都沒發生類似的情形。今天早上我出外倒垃圾時遇見鄰居，我若無其事地向他詢問，有沒有聽到我房間傳出動物跑來跑去的腳步聲或是叫聲，但鄰居就只是一臉納悶地問我為什麼要這樣問。看來他沒聽到類似的腳步聲或叫聲。

我原本打算以靈異體驗當隨筆小說的題材。雖然覺得有點害怕，但就算真的發生靈體作祟，這次也很清楚原因出在哪裡。如果能將體驗到靈體作祟當作題材，到時候再馬上扔了K的作品就行了。

但靈這種東西，你愈是等候它出現，它偏偏就愈不現身。儘管我翻閱K的小說，還是一樣聞不到動物的臭味。也許有人容易遭遇靈體作祟，有人不會。

我換上衣服，離開我住的大樓。外頭是彷彿隨時會下雨的陰天。我和I小姐約在某家咖啡店見面，要聽她繼續談K的事。

×××

K老師大二年那，完成了他的第三本小說《噁心》。那年他剛好滿二十歲，寫作似乎遇上瓶頸。雖然心裡有寫小說的欲望，但似乎不時會遇上來自周遭的阻礙……因為他的家人和朋友都勸他別再寫小說，而且展開行動。

聽說K老師如果在家庭餐廳打開筆電準備寫作，就一定會有朋友跑來跟他搭話。

他們叫他別再寫作，邀他一起出去玩。

在獨居的公寓裡，當他準備寫小說時，母親、親戚或是朋友便會來找他。他們會在Ｋ老師的房間裡打掃或做飯給他吃，頻頻跟他搭話，讓他無法寫作。

他們想奪走Ｋ老師寫作的時間。

每當Ｋ老師想在房裡寫作時，他們就會剛好前來拜訪，這是為什麼？也許有人從遠處以望遠鏡緊盯Ｋ老師住處的窗戶。難道他們已建立出一套系統，只要Ｋ老師一面對電腦，就有人會去他的住處拜訪？似乎是Ｋ老師的家人、親戚、昔日同學相互取得聯繫，不知不覺間串連在一起。他們眼中的Ｋ老師，想必是被出版社逼著寫這種殘酷小說的被害人吧。為了解救他，才形成了這個集團。

當時我與Ｋ老師都是在公司的會議室討論。記得討論結束後，一走出公司，幾乎都會遇見和Ｋ老師有關的人。他們沒對我不利，也沒多說什麼，但總是以責備的眼神看著我。

Ｋ老師一臉歉疚地對我說：

「家母和我的朋友都不太接觸那種會有人喪命的小說。話說回來，他們可能也沒什麼機會讀小說，只會讀像是小學道德教育課中會讀的故事，所以對我的作品更是害怕。寫下這種作品的我，就像突然變成一隻無法理解的怪物，令他們心生動搖。」

當時他好像也會在大學的自習室寫小說，但他的昔日同學潛入大學校園，趁他離席時，刪除他筆電裡的資料。就連K老師也忍不住向家人和朋友抗議，但似乎無效。因為對他們來說，K老師已經走偏了路。他們心中認定，是出版社騙K老師寫小說，他被出版社洗腦了……

阻礙K老師寫作，對他們而言，是為了解除出版社對K老師的洗腦所做的努力。他們一直都相信K老師的靈魂聖潔無瑕，不曾懷疑。

「你不應該是這樣的人。」

他們總是這樣對K老師說。

「你不可能會寫出這麼可怕的文章。」

「快變回原來的你。」

「現在的你，不是真正的你。」

儘管如此，K老師對寫作的熱情依舊未減。他甚至會把筆電帶進廁間裡寫作，或是為了不讓他們擅自刪除他的資料，而帶著一臺假的筆電。

感覺他的第三本小說《噁心》，隱約透露出他當時所面對的情況。

主角是位二十多歲的青年，故事從他家人加入新興宗教的場景開始。他和家人一起搬往新興宗教團體高喊著理想而打造的村莊，在一處與社會隔絕的地方生活，但村裡卻發生了慘絕人寰的私刑殺人案。

定期會有人被綁架。寫報導批評新興宗教團體的記者、把不利於新興宗教團體的消息洩漏給媒體的昔日信徒，都被蒙眼帶來村裡，接受難以想像的殘酷拷問，最後遭到殺害。當村裡的居民做出質疑教義的發言時，也會被滅口。

主角被指派幫忙進行私刑殺人，不過，主角並非發自內心相信教義。他必須小心翼翼不讓人察覺他心裡的想法，同時讓那些被帶來這裡的人嘗盡地獄般的痛苦折磨。主角因此內心產生了糾葛。

對相信教義的人來說，拷問是正義，一點都不會感到良心不安。

但主角並不相信教義。拷問的行為令他內心感到驚恐，他總是得強忍噁心作嘔的衝動。

如果不佯裝若無其事，就會被視為不相信教義，自己也成為被拷問的一方……

周遭人相信的價值觀與主角的內心嚴重分歧，深深為此所苦的主角，讓我聯想到K老師所處的狀況。

書中對拷問的描寫，那駭人的程度遠超乎人們想像的極限。讀者甚至可以清楚地想像出拷問房的牆壁和地板飛濺的鮮血，以及裡頭瀰漫的臭味。我一面強忍心中的害怕，一面校閱他的文章。書本完成後，故事裡的被害人發出的啜泣聲、討饒的聲音、因痛苦難忍而發出的慘叫，總是化為迴音，在我耳內迴盪不去。

書賣得不好，但確實造就了一群狂熱的愛好者。K老師的風格不是能讓大部分讀者都樂在其中的類型，但他能博得特定讀者深厚的信賴。我在回顧的時候，多次會在某個瞬間覺得，他的小說也許已達到藝術的範疇。在殘酷和獵奇的背後，可以窺見某種不同的美……就像從絕望深處可以看出真正的人性光輝般……我覺得那就是這樣的小說。所以K老師的寫作風格突然改變，我心裡覺得很難過。

他只寫了三本驚悚小說，後來沒再增加，今後他也不會再寫獵奇的故事。因為他遭遇了一件事，令他作出這樣的決定……

×××

在咖啡店內橘色照明的渲染下，I小姐白皙的臉頰也染成了橘色。她看起來略顯緊張，表情僵硬，視線始終投向咖啡杯裡的黑色液體。

「《噁心》出版後過了一陣子，K老師突然失聯。打電話、寫電子郵件都沒回覆，我很擔心，試著去他住的公寓找他，但他已經退租。由於事出突然，我一時還很擔心他是不是捲入什麼事件中。我試著與他就讀的大學聯絡後，得知K老師的家人與校方聯絡，他已辦理休學。他之所以突然失去下落，原來是被他的親人帶走了。我試著向他老家打探，他們只告訴我，K老師會暫時在親戚的別墅住上一陣子，並希望我別再跟他聯絡……」

後來得知，K在從大學返回住處的路上，被拖進親人駕駛的廂型車內，就此被帶往遠方。

「K老師被帶往的別墅位於某個湖畔，聽說無法外出，只能從房間窗戶望著籠罩湖面的霧氣。他的親人們輪流前來監視他，不讓他逃走。這是我事後聽K老師親口說的。他的軟禁生活持續了半年左右，當他重獲自由後，才得以再次與我聯絡。他來到出版社告訴我這些事，但這半年在別墅的生活，改變了他。」

以前的他是位舉止帥氣的青年，但經過那段軟禁生活後，I小姐遇見的他，頭髮和服裝都很凌亂，很在意周遭的動靜，顯得怯生生。

「表情也有點古怪，總是皮笑肉不笑，臉部肌肉看起來也像是一直都在這種狀態下。儘管臉在笑，他的雙眼卻像在哭……接著我聽他提到那半年的生活。」

他在湖畔別墅被禁止寫小說，要構思下一部作品也有困難，甚至連用來寫下想法的筆和文具都不被允許持有。之所以展開這種軟禁生活，是為了讓他放棄寫獵奇小說。

負責管理那棟別墅的是他的親人，不過他昔日的同學都會輪流造訪。他們全都不認同K那種寫作風格，他們集結在一起，想矯正K那殘暴的嗜好。

他們針對暴力表現對人們的不良影響，每天花十幾個小時持續向K說教。他們始終都不止一個人在場，可以輪流向他訴說暴力表現的壞處。他們不許K休息，儘管他的大腦受到疲勞轟炸，迷迷糊糊，仍舊無法擺脫他們；儘管意識遠去，就此昏厥，仍會被強制叫醒，對他重新教育。

即使如此，一開始他還有力氣反駁他們的話。在洗澡時以及睡覺前，還能構思下一部作品。

「過沒多久，K老師的飲食中似乎被摻進某種安眠藥。他遭睡意侵蝕，在無法正常判斷的狀態下，持續好幾個小時聽他們訴說暴力表現會帶來多大的危害。他們自以為這樣是正義。他們採用這種方法，就為了讓他能變回還沒寫獵奇小說時的他。」

據說他們當著K的面，把他的著作《凶》、《包》、《噁心》都丟進壁爐裡燒了。看到自己的書在烈火中焚燒的模樣，不知他作何感想。

這種軟禁狀態持續了半年後宣告結束，這是我後來才知道的消息。當時的K應該覺得這種狀態會永遠持續下去。

「輪流來到別墅的親人和同學們，並無意要K老師停止小說的寫作。他們否定的是他殘酷嗜好的部分。因此，他們幫K老師思考他該寫怎樣的小說題材和風格才好，向他提議。他們想出來的，是與獵奇小說完全相反，對孩童的教育有幫助的善良主題。K老師原本很排斥由別人來決定他寫小說的方向，但經過好幾個月的重新教育後，他似乎也就此讓步。」

原本專寫獵奇小說的這位作家K，已在湖畔別墅被殺死了。在他的親人與昔日同學的共同努力下，終於有了結果。透過洗腦教育，K連要構思獵奇小說都做不到了。只要腦中浮現充滿死亡氣息的殘酷故事，就會心跳加速，感到強烈不安。

K被迫在親人和同學們面前保證，以後再也不會寫帶有暴力表現的小說。他們拍手叫好，誇讚K的決定，從別墅的廚房搬來一整模的巨大蛋糕。接著K就像參加生日派對般，得到眾人的祝福。

四

我最後一次見到K老師，是三年前……

某天，已辭去出版社工作的我，突然接到他打來的電話……

「可以陪我去一趟旅行嗎？」

他說。

「雖說是旅行，但也只是當天就能來回的範圍，只算是小小出一趟遠門。為了寫作，我想去一個地方。要去那地方，開車比搭電車合適，但我沒有駕照。如果可以，希望是由I小姐您開車。」

他隔著電話傳來的聲音顯得有氣無力。自從改變寫作風格後，他已出版了兩本奇幻小說，但下一部作品似乎遭遇瓶頸，所以才會這麼沒精神吧。

自從他改變風格後，我就沒再經手他的書。因為他身邊的人們都認為是我所屬的編輯部要他寫《凶》、《包》、《噁心》這三部作品。他的奇幻小說原稿似乎是透過他親人的管道，送到其他出版社手上。

某個寒冷的冬天，我和他就這樣駕著車遠行。一早他來到我們約見面的地點，我請他坐在前座，我們便出發。因為他改到其他出版社出書，我們因此變得疏遠，所以已有好幾年沒見過面。我已年過三十，他也已是坐二望三的年紀。

當初第一次見面時，他那宛如少女漫畫裡登場人物的爽朗感已不復存在。K老師臉上滿是鬍碴，像病人一樣顯得有氣無力。醫生為他開立精神藥物，他在副駕駛座便吞起了藥錠。自從被軟禁以來，他似乎一直深受憂鬱症和不安感所苦。

我開著車駛入高速道路，離開市中心，朝鄉間而去。車窗外絕大部分都是蕭瑟的山林景致。我事前已得知目的地，是位於縣界的一處湖畔避暑地。我在導航裡輸入某座別墅的地址，那就是他之前被軟禁的湖畔別墅。

對K老師而言，那應該是令他感到恐懼的地方，但他似乎覺得有去的必要。

「我現在寫不出小說，很傷腦筋。感覺我要是去了那裡，就能重拾往日的寫作感覺……」

K老師也許是想找尋昔日消失在湖畔別墅的那個身為驚悚作家的自己。我是這樣理解的。

我們在車內閒聊。我提到自己辭去出版社的緣由，他提到自己大學沒畢業，直接休學，我們就這樣互相報告彼此的近況。他又開始自己獨居，奇幻小說的原稿也是在他自己一個人住的新居寫成。

關於他改走奇幻小說後的兩部作品，我都避免談論個人感想。因為那是內容俗套，完全屏除死亡要素，不帶負面影響的故事。但那是他周遭的人希望他寫的風格，K老師現在只能想得出這樣的故事。

「最近我都不覺得我是在寫自己的小說，只覺得我一邊在意世人的眼光，一邊很賣力地寫別人會喜歡的小說。」

K老師坐在前座，雙手掩面，一副不知如何是好的神情。

「我在寫作時，腦中總會有家人和朋友在監視我。他們監視著我，不讓我寫有人被殘忍殺害的小說。從那之後，寫作變成很痛苦的一件事。充滿夢想的奇幻小說是我不感興趣的風格，所以我常不知如何是好。起初完全寫不出東西，是經過某個儀式後，我才有辦法動筆……」

山中出現一座廣闊的美麗湖面。不久，可以看到前方一座像山中小屋的木造建築，這時感覺得出坐在前座的Ｋ老師倒抽了一口氣。

我們在別墅的占地停好車，決定下車走走。

地面覆滿落葉，每往前踏出一步，便傳來踩踏枯葉的聲響以及柔軟的觸感。Ｋ老師的親人擁有的這座別墅，位於可以飽覽湖光山色的絕佳位置。我們沒走進屋內，就只是從外面欣賞。

Ｋ老師沒跟家人說這趟旅行的事，所以沒借來別墅的鑰匙。但就算手中有鑰匙，他應該也不會走進屋內吧。

Ｋ老師雙膝發顫。

我們從他以前被軟禁的別墅旁走過，來到湖邊。

傾斜的地面前方與湖面相連。此時無風，湖面平靜猶如鏡面，湖邊整排的樹木形成倒影映在湖中。如果繼續往湖心走，彷彿會落入整個顛倒的天空裡。

「之前從囚禁我的房間窗戶，總能看到這處湖畔。我無法外出，只能遠望。」

那裡有一塊可充當椅子的大石頭，我們並肩坐在它上頭，凝視著湖面。

「I小姐，有件事我非得跟妳說不可。」

K老師開口道。

「一開始就算我想寫奇幻小說，也一直寫不出來。一來也因為那是別人替我決定的寫作風格，我一直處在寫不順手的狀態下。但從某個時候開始，我突然能寫了。起因是飛入房內的蟲子。一隻小蟲從敞開的窗戶飛進來，在房內繞了幾圈後，停在書桌上。我用手中的書將牠打死。」

被壓扁的蟲子屍體遺留在桌上。

K老師從中感受到生命的消逝。

「生命的脆弱令我深受感動。我心裡美的意識受到刺激，感覺就像碰觸了某個尊貴之物。因為見證了生命消逝的模樣，我原本沉默的珍貴感性，就此微微顫動，有了反應。那天，原本一直寫不出文章，我卻突然文思泉湧。就像從蟲子的屍體逸洩出的生命能量被我吸進體內，化為寫作的力量。」

打死蟲子與寫作變得順利，這兩者之間有什麼因果關係，我不清楚。也許當時他產生了錯覺，才會有這種感覺。

但K老師為了寫作，想必是不肯放過任何一絲希望吧。他當這是徵兆，深信不疑。

「從那之後，每次寫小說前，我都會到屋外散步。散步時發現蟲子，就一腳踩死，用鞋底將蟲子踩扁碾碎。蟲子的體液在路面上擴散開來，生命能量像輕煙般裊裊升起。這始終都只是我的想像，並非實際可以看到，但我深吸一口氣，將它吸進我體內。說來也真不可思議，這麼做之後，我就能寫小說了。在散步時要是沒發現蟲子，我會到寵物店買倉鼠，價格約一、兩千圓。我坐在公園的長椅上，將倉鼠緊緊握在手中。當我雙手使勁，起初牠會掙扎著想要逃脫，但很快地，牠就不再動彈了，最後變得像擰乾的抹布一樣。只要我這麼做，就會文思泉湧，連我自己也覺得很不可思議。真正的小說家，是以自己的生命力來交換，創作出小說這樣的藝術呢。我沒有那樣的才能，不過，也許我有使用別人的生命力來寫作的才能。每次接觸死亡，我便會受生命的脆弱所感動，從心中湧現出文字來。」

以前他曾說過。

他藉由寫小說，讓自己腦中的幻想與現實有一條明確的界線，以此保有社會性。無法繼續寫驚悚小說的他，恐怕已難以客觀看待自己。他的想法與現實，也許正處在混濁不明的狀態下吧。

「我的住處附近有隻野貓，我常餵牠東西吃，所以牠慢慢和我親近起來。某天晚上，我下藥讓牠睡著，把牠帶回家。我讓牠躺在浴室裡，奪走牠的性命。這比之前奪走蟲子和倉鼠性命時相比，寫作更為流暢。我一口氣寫了好幾個章節，用字完全沒卡關。看來，從愈大的身體吸收愈多的生命能量，轉換成小說時的文字量似乎也愈多。因為比起之前殺害小生物時，我有一種虔誠嚴肅的心情。見證大型生物的死，就像宗教儀式一樣，是一種神秘的體驗。我的感動化為言語，以小說的形式保留了下來。」

我漸漸感到可怕了起來，同時對他寄予同情。如果他說的話屬實，他的行為該受到譴責，但他同樣也是受害者，是周遭的人毀了他。

「我用版稅的收入到寵物店買了隻小狗，帶回家後，當天便在浴室處理掉牠。我住的公寓禁止養寵物，所以這件事一天都不能拖延。當我寫不出小說時，就再去買一隻。要是短時間內都一再去同一家店買，可能會引來懷疑，所以我得另外找其他店家才行。就這樣，我見證了許多貓狗生命消逝的瞬間。在我的臂彎裡，無數的生命消逝，無數的死亡誕生。」

我突然想起他的出道作《凶》的內容，故事裡的主角利用他殺死的對手所流的血液來作畫的場景。

作家的一切，全濃縮在他的出道作品裡。K老師的內心深處，應該打從一開始就有這樣的衝動吧。他在無意識中將這個衝動昇華成的作品，便是《凶》。幻想與現實的界線變得模糊不明，他看起來就像被吸進了他最初的作品中一般。

「很不可思議對吧。以前我就算不用這麼做，一樣寫得出小說。過去我寫有許多人喪命的小說時，還能去愛我周遭的人。但現在回想，那也許只是因為我演技太好，很懂得扮演如何去愛……以前我可以正常地在社會上生活，但現在不同了。為了寫作，我非得犧牲什麼不可。我所犧牲的，也許是動物的生命，以及我自己的人性。起初我還保有一份自覺，覺得自己做的事很可怕，但漸漸地，我開始覺得為了寫小說，這是不得已的犧牲。以失去無可取代之物當作交換，這才寫得出小說。以我的情況來說，或許是獻出用來讓我維持一個正常人的界線，作為犧牲，才寫得出小說。」

K老師語氣平淡地說道。他可能是想在昔日身為驚悚小說家的他消逝的地方，向我作這樣的告白吧，所以才邀我展開這趟旅程。我當時是這樣解讀的。

我們眼前是遼闊的平靜湖面。

K老師以柔弱的表情望著我。

就像那部知名的電影裡，科學怪人出現的那幕場景。一名天真無邪的少女，與用屍體拼湊而成的科學怪人一同佇立在湖邊的知名場景。

湖畔的空氣冷冽，冷得我手腳末梢都為之發麻刺痛。我一邊感受寒意，一邊為他感到憐憫。

「我很猶豫。」

K老師露出很苦惱的表情。

今後是否也應該付出犧牲來寫小說呢？

還是該停止寫小說，平靜度日？

當時我認為K老師是為此感到猶豫……

×××

「……當時妳怎麼回答？」

在咖啡店裡，我向I小姐詢問。

血氣從她臉上抽離，她長長的睫毛形成的暗影，在臉頰上搖曳，美得像洋娃娃一樣。和她一同坐在湖畔的K，望著她的側臉，是抱持何種情感呢？

「曾經身為編輯的我，對他這麼說。你應該把小說忘了。不過，真正的作家，就算想忘，也絕對忘不了小說……K老師以略感困惑的表情微微一笑。打從這趟旅行開始，這是他第一次露出笑容。」

「後來怎麼樣了？」
「……沒發生什麼特別的事。因為我覺得冷，便起身返回車上，離開那棟湖畔別墅。我們沿著來時路折返，當天傍晚便再次返抵東京都內。從那之後，我就沒再見過K老師了。我試著主動與他聯繫，但自從那趟旅行後，他便換了手機門號，也不知道他現在人住哪裡。」
我想喝咖啡，這才發現杯裡的咖啡已經見底。聊了好長一段時間，也應該結束了。最後我向她問道：
「如果知道他住哪兒，妳會想見他一面嗎？」
我在問話的同時，暗自展開想像。也許他們兩人之間存有愛意，或者只是她沒明說，其實兩人有著更深的關係。
I小姐沉默許久後才開口。
「我有點害怕和他見面，也許永遠別再和他見面會比較好。之所以這麼說，是因為經過那次旅行，過了一段時間後，我回想那天的情形，這才猛然發現……當時在湖畔我要是作出錯誤的回答……恐怕現在人已不在這兒了。」
「什麼意思？」
「當時我滿心以為K老師那趟旅行的目的，是要向我坦白他的行徑，但也許我誤會了……K老師該不會是為了寫下一部作品，而覺得自己必須殺害某個對象吧？為了寫小說，要找個對象……」

I小姐望向咖啡店的窗戶。

I小姐的身影映照在玻璃上。

我們沉默了半晌。輕柔的音樂在咖啡店內流淌，過了一會兒，我向她提議道「我們該走了」。I小姐點頭，站起身。

我付了我們兩人的帳，來到外頭。四周已天色微暗，亮起了路燈。肺中吸入清冷的空氣，應該還不到日暮時分，但太陽已被厚厚的雲層掩蓋。I小姐那白皙透亮的臉頰仍因緊張而顯得僵硬。

她似乎覺得冷，雙肩微顫，開口說道：

「我總覺得，日後哪天他想寫小說時，會再出現在我面前。有時走在大學的校園裡，或是市街的巷弄裡，看到遠方的人影，我會懷疑那是不是他。如果那天真的到來……我或許會被他殺了，成為他小說裡的一部分。」

I小姐儀態柔美地向我行了一禮，就此離去。

我回到家中，檢查裝設在屋內的攝影機錄下的影片。以K的作品擺放的那張桌子為中心，在整個房間都能入鏡的構圖下，錄下了我外出時的畫面。書本自動打開、桌上留下貓的腳印、錄到狗的叫聲這類的現象，這些一概都沒發生。

我家中沒發生靈體作祟的現象，或許我該慶幸先前就知道那些人的遭遇都是動物靈所造成。因為持有K的著作，而在屋內聞到貓狗的屎尿味，或是看到倉鼠攀附在天花板上的幻想，肯定都是因為他的小說是犧牲動物們所寫成。

對於他在寫不出小說時展開的這種近乎咒術的行為，我感到興趣濃厚。作家為了讓自己能專注在小說的寫作上，會有每天必做的事。由於作家幾乎都是怪人，所以當中也有人非得先展開荒誕的儀式才能寫作。不過為了寫作而奪走生命，我還是第一次聽聞。我覺得K的著作絕不能繼續留在身邊，當天便把他的書全扔了。

不過，這件事還有後續。

某天出版社找我去，我因而得以和責任編輯當面討論。由於最近都是透過電腦畫面對話，我們已好久沒見面。

「老師，您近來過得如何？」

「託您的福，還好端端地活著。」

我們開始閒聊，聊最近的世界情勢以及天氣。

「在家的時間變多後，總會想，要是我當初也養寵物就好了。老師，您家裡的貓還好嗎？」

編輯突然問了我這麼一句。

我根本沒養貓啊。

聽我如此回答，他一臉納悶。

請別開玩笑了——我的責任編輯說。

之前我們用遠距討論時，您家裡的貓明明就一再地從您後面經過。

小說の怪人

小說怪人

一

我聽說X老師的新作大為暢銷，還決定拍成電影，不過這是常有的事。當初我立志要當作家時，他就已經是人氣作家，稱霸出版界。從沒發生過書店的暢銷書排行榜上看不到X老師的書名這種事。他執筆的類型，有描寫日本黑社會的小說、暢遊世界的冒險小說、冷硬的社會派懸疑小說、筆風輕鬆的推理小說等，風格多樣。每一類的完成度都堪稱一流，評論家給予好評，還翻譯成多國語言，海外也有不少書迷。

他的作品家喻戶曉，就算沒看過他的作品，好歹也會聽聞他新作的內容梗概。

X老師新推出的小說《今天說再見》，主角似乎是位女刑警。她奉上司的命令，到某棟建築進行監視行動，在那目擊到一位意外的人物。她看到的，是她理應在十幾年前便已喪命的男友……

自從知道故事是這樣的設定後，我便靜不下來，不祥的預感像烏雲般籠罩我心頭。我心想，《今天說再見》這本小說，我非讀不可。

前往書店一看，那本書就被平放展示在最顯眼的地方。我買了一本，到附近的咖啡店閱讀。讀了短短數行描述，我便被作品的世界深深吸引。主角心中的痛，感覺就像我自身的痛。故事會適時地出乎讀者的預料之外，有驚奇的演出，同時帶往高潮。技巧之出色，讓人看了立刻明白，寫得好的小說就像這樣。

然而——看完之後，我更加確定了。

我老早就知道《今天說再見》這部小說的設定、情節發展，以及結局。

「這樣你覺得如何？請說說你的感想。我目前還在構思階段。」

我想起的是一篇寫在筆記本上的文章。那是小說成形前，可以稱作是故事雛形的文章片段，以及望著我的A小姐神情。她是與我同期的一位新人小說家。

「主角是位女刑警，奉上司的命令，到某棟建築監視……」

那是她準備著手進行，但最後沒寫成的故事。我被平日的工作追著跑，完全忘了她。

A小姐讓我看那本寫有她個人構思的筆記時，她仍會去作家們的聚會中露臉，所以已是二十多年前的事。當時我們都還年輕，幸運以作家的身分出道，但對於自己能否在出版界混下去深感不安。新人作家之間會相互交流、交換資訊，並打探彼此打算寫什麼樣的故事。當時她也只讓我一個人看她的創作筆記。

「我很不擅長想登場人物的名字，你有什麼點子嗎？」

我馬上說出我當場想到的名字。

「不錯耶，語感很奇妙，給人一種夢幻感，很棒。就決定用它了。」

A小姐將我想的名字寫在筆記本上。

X老師這本新小說，內容酷似很久以前我從A小姐那裡聽來的小說構想。X老師以某種方式取得了A小姐的點子並加以採用，這點無庸置疑。而小說《今天說再見》的主角目睹的那名理應過世的男友名字，是我年輕時向A小姐提議的名字。

×××

X老師常在媒體上露面，他那紳士風貌的外表廣為人知。就算沒讀過他的作品，大部分的人只要看了他的照片，就能回答這是小說家X老師。他現在已年近六旬，宛如演員的容貌平添了幾分成熟的韻味。雖然我不曾當面和他交談過，但曾在出版社的派對上遠遠看過他。一身價格不菲的西裝，在眾多編輯的簇擁下單手端著酒杯的模樣，就如同黑手黨電影裡的某個場景。

他雖然單身，但似乎與眾多女星傳過緋聞。X老師的嗓音低沉，帶有父親般的安心感和威嚴，想必有不少女性為他的聲音著迷。

時至今日，他的情人似乎仍遍布日本各地。他暗中喬裝與女性出外旅行的模樣常被人目擊，當在觀光景點附近的餐館被人認出，被要求握手、簽名時，他也都一派輕鬆地回應。

瀟灑磊落，這樣的形容最適合X老師了。以前在派對上，曾有位菜鳥編輯不小心將飲料灑在X老師的西裝上。這位菜鳥編輯一臉大難臨頭的表情，全身發抖，但X老師卻哈哈大笑，原諒了他。

「不用放在心上！你是背負出版界未來的男人對吧?!怎麼能因為這點小事就怯

縮呢！」

X老師拍著那位菜鳥編輯的肩膀，如此說道。如果他當時面露不悅之色，那位菜鳥編輯恐怕就會被公司革職了。說句題外話，那位菜鳥編輯日後創立了新的雜誌，以年輕感性的特色在文藝界興起一股熱潮。儘管日後成了資深編輯，他對X老師的感謝和尊敬仍舊未有一日稍忘。

小說《今天說再見》如果是其他作家的作品，對方應該會很生氣，怪他偷走了自己的點子。但對於以X老師的名字出版這件事，我心裡卻更感到困惑，不斷問自己「為什麼？」。難道背後有什麼緣由嗎？之所以會這麼想，想必是因為我心裡相信他的人格。他不是個壞人，我希望自己能這麼想。

我開始對X老師的出身展開調查。

根據隨筆集的描述，他是在一座礦坑小鎮出生長大。父親孔武有力，似乎常和人吵架。他幼年時，鎮上相當繁榮，但當國內使用的主要能源由煤改為石油時，人們陸續離開小鎮。礦坑封閉，他的父親丟了工作，他因此過了一段貧困的少年時代。

他的學業成績優異，能進大學就讀，但他沒選擇升學，十幾歲的年紀便開始工作。持續一邊打零工，一邊寄生活費回老家。當時父親已經過世，母親的生活全靠他一人支撐。

當他下定決心上東京打拚後，從洗碗工到黑道大哥的司機，各種工作他都幹過。他觀察社會不為人知的另一面，接觸各種人際關係。像他當黑道大哥的司機時，曾就近聽過真正的手槍槍聲，空氣中飄蕩的煙硝味令他感到畏怯。

二十多歲時的某天，他被捲入夜裡街上的一場鬥毆事件中，因此掛彩，整整兩個禮拜才康復。他在家中養傷時，為了打發時間而開始寫黑道小說，就此發覺自己的才能。各種場景陸續浮現他的腦中，文思泉湧，怎麼也停不下來。他沒有文字處理機，也沒有電腦，所以都是用鉛筆在筆記本上寫作。他將寫好的筆記本送交出版社，但似乎字寫得太醜，難以辨識。

他全力投入小說的寫作中。白天工作到筋疲力竭，晚上回到他那四張半榻榻米大的房子，拚了命地寫作。寫了好幾部作品後，編輯終於注意到他的小說。內容描寫黑道之間的抗爭，以暴力、愛、死亡為主題。雖然風格粗獷，但文章的能量驚人，能深深感受到他的靈魂。成功出版後，他以第一筆版稅買下生平第一套西裝，回到那冷清的礦坑小鎮，返鄉讓老母親看他穿西裝的模樣。母親那滿是皺紋的臉龐爬滿淚水，與他緊緊相擁。

不過，他的出道作並非一下子就成為暢銷書。X老師是因為著作被拍成連續劇，才成為人氣作家。他一下子火紅，從此聲名遠播。X老師的每一部作品都既傑出又有趣，無一例外，而且他勤筆不輟，每年都會寫出幾本書，有穩定的產能。書店架上的某個區域總會占滿他的書。

我不清楚小說《今天說再見》是X老師出版的第幾本書。總之，他的工作量龐大，不光出小說，還有遊記、評論集、對談集，甚至是繪本。

他筆下的登場人物尤其有魅力。從臺詞和動作中可以看出X老師的男子氣概，令讀者熱血沸騰。我們在看他小說的同時，能看進他身為作者的內心層面。從臺詞中感受到的詩情背後，也能看到X老師的世界觀。我們都是透過他寫的小說，來享受他的人格特質。

所以看了小說《今天說再見》後，我的心裡五味雜陳。只因為這不是X老師自己構思的故事，令我有種遭背叛的感覺。

我想知道真相為何。

二

我從東京車站坐上前往日本海側的新幹線，窗外的景色很快便轉為一大片山林。

A小姐離開東京返回故鄉時，也是望著同樣的窗外景致嗎？

我想到她老家拜訪，但因為電話和電子郵件都聯絡不上她，事前並沒先聯絡說我要去。我深深坐進座位，閉上眼，想著A小姐的事，以此打發時間。

第一次和她交談時，我們都還二十多歲。一場新人作家聚在一起的酒局中，她剛好就坐在我旁邊。她是位戴著銀框眼鏡，長髮飄逸，五官端正的美女。她當時還在就讀理科大學，同時寫了幾本推理小說，因為當中有一本進入新人獎的最終決選，所以有協助她的責任編輯。經過一再改稿，她的第一本著作終於問世。

我們在那場酒局聊自己喜歡的小說，暢談喜歡的場景、喜歡的登場人物，接著互留聯絡方式，成為了朋友。

參加那場酒局的新人們，全都對未來抱持期待和不安。大家的書都還沒暢銷，算是處在勉強當上作家的狀態，也不知道今後是否能繼續寫下去。沒有自信能以專業作家的身分一直待在業界，所以大部分的人都打算另外找份工作兼差。有時會因為對創作充滿熱情，無法接受對方的論點，想要駁倒彼此，而就此吵起架來。

「小說根本就不需要什麼起承轉合！」要是有人這麼說，當中就會有幾成喝醉酒的人點頭認同，幾成喝醉酒的人破口大罵。

「你會這麼想，是因為你不懂！起承轉合和序破急[2]就像咒語一樣！沒有任何一位作家可以從中跳脫！」

「起承轉合是個甩不掉的怪物，是讀者自己對那樣的節奏抱持期待，所以作家才只能配合那樣的需求來寫作。」

「你那想法根本沒必要，你不懂嗎？沒必要順從讀者的期待來寫作吧？難道作家是讀者的奴隸？」

「讀者要是不開心，書就賣不出去！既然你不需要讀者，那你在廣告文宣後面註明這點啊！」

每個人都多喝了點酒，講起話來很不客氣。雖然情況混亂，但看得很過癮。我和A小姐不會加入他們的爭辯，就只是坐在店內的角落看熱鬧。小說的寫作方法因人而異，有人寫作是用腦袋思考，也有人寫作是順著內心的靈魂走。我們認為，有不同的風格也不錯。

「大家真的都很有意思呢。我周遭完全沒有寫小說的人，所以聽到這些說法，覺得很新鮮。」

A小姐如此說道，喝了口茶。寫小說的人很少，在以作家的身分出道、與新人作

2. 一種廣泛應用於日本傳統藝術的變化模式和發展的概念，大致可以用「開始、中斷、快速」來解釋。

家們展開交流前，我也沒遇過。她望著眼前這些喝醉的人，如此低語道。

「在這裡的人要是都能成為暢銷作家就好了。」

這句話當然無法成真，我們自己也都心知肚明。從那之後已過了二十多年，當年參加那場酒局，現在仍以作家身分持續寫作的只有當中的一小部分人，泰半都已從文壇消失。我是存活下來的人之一，但我不知道自己為何現在還能繼續當作家。明明有人比我更有才能，能寫出更有震撼力的文章，但這種人往往後來都不再寫了。全心面對小說的人，就像努力往名為故事的深坑裡窺望般，面對那無底的深邃，會在不知不覺間變得精神異常吧。因為那深淵的恐怖而裹足不前，就此停手，最後連一個字也寫不出來。

以Ａ小姐的情況來說，發行第一本書之後，她仍持續寫了一陣子，但一直沒出第二本書。似乎是編輯判斷，她寫的作品全都沒達到值得出版的完成度。我不認為那位編輯太過嚴苛，我也看過Ａ小姐的小說，除了她的出道作外，就連未發表的原稿我也看過。作為故事主軸的點子都很不錯，但整部作品就是少了點什麼。

當時我有所顧慮，不敢明說，不過Ａ小姐那一板一眼的個性，可能對她的寫作造成了負面的影響。她無法寫出突破既有框架的作品，登場人物的行動和臺詞，也全都在猜得到的範圍內，少了一份閱讀小說的樂趣。她的文章就像教科書，感受不出她這個人的個性。

「我可能不適合當小說家吧……」

故事萌芽階段的構想很有意思，但以她的能力來說，她不擅長以小說的形式來推展故事。有的作家打從一開始就很擅長這點，有的則是一再努力地磨練技術，最後終於也成功辦到。她也閱讀過創作理論相關的書籍，想學會這項技術，但終究還是力有未逮。

「我有幾個想寫的主題和構想，也都記在筆記本裡。我接下來想寫的是這樣的故事……主角是位女刑警，奉上司的命令，到某棟建築進行監視……」

新幹線抵達目的地的車站後，我改搭私鐵，繼續趕路。四周山林環繞。A小姐放棄夢想、離開東京後，有幾年的時間仍持續和我互寫賀年卡。我前往她在賀年卡上所寫的地址，她的老家位於某個觀光景點。車站外的圓環停了幾輛計程車，我省去了攔車的時間。

天空浮雲蔽日，寒風刺骨，使得眼前的風景更顯蕭瑟。我搭計程車來到鎮上郊外一處偏僻的住宅街。

來到她老家所在的地址一看，是一棟老舊的木造房。門牌上寫的姓氏和A小姐的不一樣，難道她結婚改姓了？我按下門鈴，前來開門的是一位中年婦女，不是A小姐。

「請問是哪位？」

我告知來訪的目的，向她出示我身上帶著的賀年卡，問她是否知道A小姐。就結論來說，她是A小姐的親戚，原本就是這塊土地和房子的持有人。在十五年前，這棟房子一直都是租給A小姐的母親。她還告訴我關於A小姐的事。

「她們母女相依為命。」

A小姐的父親是位公務員，但因為遭遇意外事故而早逝。A小姐小學時是位資優生，常教附近的孩子念書。自從放棄當作家回到地方上後，似乎一直從事行政人員的工作。

「不過十五年前，她母親癌症病逝。可能是覺得自己一個人住這棟房子太大了吧，她決定搬離這裡。對她來說，這是她從小就住慣的家，所以這應該是苦惱許久後的決定吧，畢竟這裡有她和自己母親共同的回憶。她搬走時，很仔細地打掃過一遍，我還收到她附上感謝信的點心禮盒呢。後來就沒再見過她了，也不知道她搬去哪裡。雖然她說安定下來之後，會再跟我聯絡，但始終沒收到她的來信和電話。希望她現在仍一切安好。……對了，在她搬走之前，聽說有位出版社的人從東京前來拜訪她。我當時滿心以為會出第二本作品，但看來是想錯了。」

「東京來的？」

「對。當時她母親已辦完喪禮，我因為擔心她，而前來探望。」

這位中年婦女轉頭望向木造房。

「當時她剛好要外出，因為是冬天，身上穿著大衣。她還一臉緊張地跟我說，東京來了一位出版業相關人士，她要跟對方見面。」

「可有聽她說是哪家出版社？」

「這個嘛……也許聽她說過，但因為已經是很久以前的事了……」

從沒聽過Ａ小姐要出版第二本書的事。不過，她可能在地方上仍持續寫作，也許是以前與她有往來的編輯前來見她。

我另外問了幾個問題，以獲取Ａ小姐的相關消息，主要是針對她的交友關係、她從事行政人員工作時的職場等等。之後，我向婦人道謝便離開。

我在附近散步，想像著Ａ小姐在這裡度過的童年時期。生鏽的鐵絲網、雜草叢生的空地、巷弄裡的貓。

Ａ小姐還活著嗎？我突然浮現這個念頭。

也許Ａ小姐的點子被盜用後，她已經被殺人滅口。

有可能是某位編輯看上她小說裡的點子，強行搶奪過來，將它交給了X老師。然後X老師採用了她的點子，就像是他自己構思的一樣，寫下小說《今天說再見》。A小姐的存在很尷尬，不能讓她活著……

不，不可能有這麼荒唐的事。我揮除腦中不當的聯想，決定搭乘固定路線巴士，所以回到車站前。

抵達車站前，我決定前往A小姐擔任行政人員時的工作地點。雖然她做那份工作已是很久以前的事，但也許還留下什麼紀錄。

走在商店街時，經過一家小書店。我因為小說家這份職業的緣故，在旅行途中一看到書店，就會不由自主地駐足察看。在店門口的顯眼處，平放展示著《今天說再見》，上頭還附上寫有「已確定拍成電影！」的書腰。我看了五味雜陳，A小姐肯定也來過這家書店，但這本書上到處都沒提到A小姐的名字。

不過，要是A小姐自己將這個點子寫成小說，這本《今天說再見》能如此暢銷嗎？她欠缺將故事寫得生動有趣的能力，因此，這本書之所以能大賣，X老師肯定居功不少。

她知道自己的點子被別人改寫成小說了嗎？她能接受嗎？我很想知道A小姐目前的情況。如果能和她見面談一談，我的心情應該就能平靜下來。

牆上掛著一張簽了名的簽名板當裝飾，我發現後走近它細看。看到我這樣的舉動，老闆向我搭話。他是一位上了年紀的男性。

「你知道那是誰寫的嗎？你聽了之後一定會嚇一大跳。」

簽名板的角落附上日期，是在十五年前的冬天寫的。

「他走進店裡時，我一時還以為是自己認錯人了。我對他的臉有印象，主動和他搭話，而他也很爽快地回應。雖然表情看起來有點兇，但是個好人，他說他到這一帶觀光。他最近出版的這本小說也很有趣，到底是怎麼想出這樣的故事呢？」

老闆如此說道，拿起並向我出示那本《今天說再見》單行本。那張簽名板，是X老師所留。

他十五年前來過這個小鎮？

來這裡見A小姐的出版社相關人士，難道是……

×××

「我最後一次見到X老師，是在去年歲末的派對上。他一樣是那麼帥氣，因為被眾人團團包圍，所以遠遠就知道他在哪裡。儘管在派對的喧鬧聲中，那豪邁的笑聲依舊沒變，彷彿會直透人心底的低沉嗓音，還是一樣馬上就能認出來。那天，我帶著新人作家一起去向X老師問候。那位新人作家全身緊繃，不過這也難怪，說到X老師，那可是現在正火紅的暢銷作家啊。應該當作目標的小說家顛峰就在眼前，怎麼可能不緊張。但X老師不論是對像我這樣的編輯，還是對新人作家，都還是以爽朗的態度接待。他真的人很好。」

回到東京的隔天，我和一位熟識的編輯見面，向他打聽消息。X老師的人生，從閱讀他的隨筆集或訪談報導便能掌握。不過，他可能有我們所不知道的另一面。

「他應該是住在東京。聽說他都是在外享受夜生活後，才回到他高樓大廈的住處。另外也有傳聞說他在關東近郊買下一座山，在那裡蓋了一座氣派的宮殿，供他的情人居住。他不在東京的日子，好像都住那裡。真不愧是X老師。」

我暗自想像，也許A小姐是X老師的情人，就住在那裡。這也不是不可能，也許只是我不知道，A小姐與X老師早就暗中展開交流，彼此有深厚的關係。X老師對A小姐一見鍾情，母親死後，便以情人的身分與他同住。已放棄當作家的A小姐，主動向X老師提供自己的點子，結果便是小說《今天說再見》得以問世。這也有可能。

十五年前的冬天，X老師拜訪了A小姐的故鄉。我在書店看到的那張簽名板，應該就是那時候寫的吧。我知道這件事後，去了A小姐原本上班的職場，但那家公司已經倒閉。那棟建築人去樓空，我得不到A小姐的消息，就此搭新幹線返回東京。

望著窗外景致，我苦惱著這件事該深入探究到什麼程度才好。我想知道真相，但X老師的存在是個很大的難關。要是查明他的小說盜用別人的點子，將此事公諸於世，肯定會重創他的資歷，也許還會有讀者為此震怒，出版社應該也會正式道歉吧。而揭發這個秘密，對X老師和出版社帶來困擾的我，想必會惹來眾人的鄙夷，或許再也無法在這個業界混下去。我該繼續調查下去嗎？還是別再碰這件事，裝沒看見……

「X老師的情人是怎樣的人？您見過嗎？」

「怎麼可能見過。不過，一定是個大美人，肯定原本是高級酒店小姐之類的。」

我試著將他的情人形象與A小姐的模樣重疊，但並不吻合。

「他的眾多情人之中，有沒有哪位曾經當過作家這類的傳聞呢？」

「沒聽說過，難道你聽過這樣的八卦？」

「在我以前認識的女性作家當中，有位A小姐……不，算了，當我沒說。」

我含糊帶過，結束這場對話。聽了X老師的幾則風流韻事後，那天我便和那位編輯道別。

後來我全力投入工作中。A小姐與X老師的關係雖然令我在意，但我不能讓這件事占用我太多時間。為了生活，我得寫作。我在家中寫編輯委託的短篇小說，完成一篇隨筆，並構思下一部作品。我閱讀關心的作家近來的新作，上網找尋能充當小說題材的報導。

A小姐的事就此擱在我的腦海角落，要是心思轉向那邊，工作便會停下。年輕時的她，年輕時的我，周遭新人作家的熱情。想起過往，許多懷念的事物令我心頭隱隱作痛。我現在是為了工作寫小說，當時的熱情由濃轉淡，已沒有想要創造出嶄新作品的氣概。為了守護既有的生活，我以慣用的手法，順著慣性來寫故事。當時的我們要是看到現在的自己，也許會發笑吧，笑說不想變成這樣。

一週過去，工作終於告一段落。好久沒外出了，我出外採買，順道去了一趟書店，接著去咖啡店看書。當電車抵達離我家最近的車站時，晚霞滿天，美不勝收。都會的大樓反射夕陽，金光燦然，接著太陽迅速傾沉，地面的影子由淡轉濃。

我住的大樓前，停著一輛黑色的高級轎車。我心想，應該是哪位富豪在此路邊停車吧。我從旁走過，這時，我背後傳來打開車門的聲音。

對方喚住我，我回身而望。眼前站著一位我認識的人。一道渾厚低沉的嗓音。

「我想和你聊聊，坐我的車吧。」

出現在我眼前的，是一位名人。

很沒真實感。

「怎麼啦，你應該認識我才對。雖然沒談過話，但我們在派對上有過數面之緣。」

「……是啊，確實都沒好好向您問候過，X老師。」

我向他低頭致意，全身微微顫抖。他遠比我高，身材也很結實。一身西裝，簡直就像是男性時尚雜誌的模特兒。高級轎車的駕駛座是名男司機，隔著玻璃望著我。我覺得這時候我要是想逃，這個人馬上就會衝過來追我。

「我希望你能上車。由我親自告訴你真相吧，來，請。」

他優雅地翻動手掌，引我坐進後座，那動作就像高級餐廳的服務生。我有點猶豫，但最後還是決定上車。車內盈滿獨特的香氣，不是香水，是像焚香般高雅的氣味。到底是什麼呢？我很好奇，但現在的氣氛不適合發問。

X老師坐進我身旁，關上車門後，司機駛離現場。車子進入高速道路，加速前行。

「您要帶我去哪裡？」

我問X老師。

「去A那裡。」

「A小姐？」

「沒錯。我接獲報告，說你好像在調查她。她一切安好。」

從X老師口中聽到這位朋友的名字，令我吃驚。
高級轎車朝市中心的反方向而去，車窗外是無邊的暗夜。

三

X老師坐在我旁邊，多次令我緊張得想吐。我們聊到對彼此小說的感想，但我完全不記得自己說了些什麼。他竟然看過像我這種幾乎可說是沒沒無聞作家的書，令我頗感意外。在極大的壓力下，我喪失了時間感。我的心中感到不安，擔心我們是否會永遠行駛在這條夜間的高速道路上，再也回不到現實世界。
不久，車子駛離一處地方交流道，回到一般道路。那裡周邊只有農田，幾乎沒有路燈，看起來宛如一個漆黑又寬闊的平面世界。
「這裡是哪裡？」
我開口詢問，X老師說出關東近郊某個城市的名稱。
「我想帶你去一個地方。如果在那裡，就能跟你好好聊了。」
我見到像將外頭的黑暗切去一大塊似的明亮方形占地，那是如同機場跑道般顯眼，一處與溫室相連的土地。儘管在夜裡，溫室內仍點著明亮的燈光。一路上我們都沒遇上其他車輛，就這樣駛過一座河上的橋。來到對岸後，周遭開始飄起濃霧。

車子駛進山路。經過蜿蜒又陡峭的道路後，前方突然出現一座巨大的門，一時讓人以為是寺院的入口。大門的上頭有屋頂，可能是採感應式，一靠近就自動開啟。一般道路的途中怎麼會有這種東西？我心裡感到納悶，但事實上，從進入山中開始，這片土地似乎都歸X老師所有。

車子停進地面鋪設有白色碎石的停車場。在X老師的催促下，我走出車外。山坡上有好幾棟建築分布各處，從窗戶逸洩出橘色的燈光，感覺有不少人在。建築之間似乎以石板地和階梯相通，一路相連的石燈籠照亮腳下。

「這山上的東西全歸我所有，今天你就在這裡好好休息吧。這裡還有溫泉，我會派人幫你送酒和餐點過去，請往這邊走。」

X老師邁步走去，我受他的氣勢震懾，乖乖跟著他走。我們走進一條竹林裡的小路，聽著流經占地內的小河發出的濺濺水聲，繼續走在石板路上。竹林裡有幾棟讓人聯想到茶室的小屋，從中傳來像古琴的音色。

「這音樂是……？」

「有人在練習彈奏古琴。」

穿過竹林後，來到一處建築密集的地方。那裡有人行走，每個人都穿著像浴衣的服裝，還有帶著孩子同行的男女。

「他們是……？」

「是我的雇員一家，他們住在這裡工作。這裡還有托育設施，所以不用擔心育兒的問題。」

路過的人們一看到X老師，馬上停下腳步，停止交談，恭敬地朝他低頭致意。X老師一面向他們點頭回禮，一面向我說明。

「我出書的版稅以及小說拍成電影的版權收入，就是他們的工資。在這裡生活的雇員們，全都是近來因為經濟不景氣而失業的人們。」

我們繼續往前走，來到一棟讓人聯想到溫泉旅館的大型建築。穿過玄關一看，裡頭是黑檀木的屋柱和地板。一名年事已高、看起來像雇員的男性在入口處等候，我在土間[3]脫下鞋後，他馬上幫我把鞋收進鞋櫃裡。

X老師帶領我走在建築內。從利用山坡而建的迴廊，可以望見打燈照亮的庭園。如果在楓紅時節前來，想必美不勝收。

「這裡是順便充當招待所的娛樂用建築，也開放給雇員們使用。不光有溫泉、三溫暖，還有劇場、酒吧，以及備有撞球檯和卡拉OK的遊戲室。收集了各種出版品的圖書室也很受歡迎，那裡還有漫畫，所以孩子們成天都泡在裡頭。」

走在迴廊的一路上有好幾間房間，看起來像雇員的人在裡頭進出。一看到我們，便恭敬地低頭行禮。

「我去換件輕鬆的衣服，你就當在自己家吧。」

我被引往一間位於深處的和室。X老師和我在那間和室前道別，接著不知從哪裡冒出一位上了年紀的女性雇員，為我準備了坐墊、熱茶，還有日式點心。我先就座，那名雇員則是不發一語地站在角落，令我覺得很不自在。

從窗戶可以俯瞰山腳，這個時間近乎一片漆黑，在靠近地平線的地方，是一大片市鎮的燈光。眼前這是現實嗎？我就像闖進了桃花源一般。這座山完全籠罩在焚燒檀木的輕煙下，就像走進神社佛寺的時候一樣，飄來一種肅穆感的香氣。

「請問廁所在哪裡？」

我向那位高齡的雇員詢問。她不發一語地朝我點頭，替我帶路。離和室並不遠，因為我自己也走得回去，所以我請她先走，自行走進廁所。

當我上完廁所，來到走廊時，有人向我叫喚。

「我說，你該不會是……」

3. 日式房屋入門處沒鋪地板的地面。

是道男人的聲音，一名戴著眼鏡的中年男子站在我面前。我看過他，雖然現在添了不少白髮，但他是以前曾在出版社的派對上與我交流的小說家。已有將近十年沒在派對上遇過他，所以我幾乎都快忘了他這號人物。

他朝我走近，一臉懷念地朝著我笑。

「原來你也到這裡工作啦？今後請多多指教啊。」

仔細一看，他的服裝與之前從我身旁路過的雇員們一樣。雖然不清楚是怎麼回事，不過，難道他也受雇在這裡工作？他背後有位女人和女孩，注意到我的視線後，他說道：

「這是我太太和女兒，來到這裡後認識結婚的。」

我與他的妻女問候，並說明我是他的舊識，而且是同業。

「不過話說回來，還真教人懷念啊。你被分配到哪個工房？」

工房？這指的是什麼？我感到納悶，但他沒理會，自顧自地接著說：

「我是在『設定』工房，從早到晚都在想各種設定，也負責登場人物的設定。下次記得來找我哦。」

雖然聽得一頭霧水，不過聽到設定一詞，我這才想起他的作品，設定向來都很嚴謹。雖然他常寫科幻作品，但就連和故事主軸無關的人物或小道具的背景，他也很講究，屬於喜歡打造真實世界作品類型的作者。但正因為這樣，他的小說都不出色。當通篇沒完沒了都是設定相關的說明，故事卻始終沒多大進展便已即將完結時，真會教人不寒而慄。

「這裡是個好地方，給我這種失敗的小說家有可以餬口的工作。下次我們一起到遊戲室打麻將吧，我會先湊齊人數。想和你聊天時，要去哪個工房找你？」

「那個，我才剛來……」

「原來還沒決定分配去哪裡啊？」

我不置可否地回答後，他的女兒緊抱著他的腿。一個才兩、三歲大的女孩，一臉睏樣地揉著眼睛。

「我也差不多該回房去了。只要在這裡生活，總會有機會碰面的。很慶幸隔了這麼久，還能再次跟你說話。」

他如此說道，帶著妻女離去。離去時，他的妻子向我點頭致意。

回房後，雇員們著手幫我準備晚餐，桌上擺滿了日式料理的小碟子和瓶裝啤酒。迎面而坐的和室桌，擺了兩人份的餐點。我跪坐在坐墊上，縮著身子，不久，一身日式傳統服裝的X老師現身，坐向我對面。盤腿而坐的他，展現出壓倒性的氣勢，讓人聯想到黑道老大。雇員朝他和我的杯子裡倒啤酒，我心想，為什麼會變成這種局面，對自己目前所處的情況感到困惑不解。就這樣在緊張到快要昏倒的心情下，我們開始用餐。

「聽說你遇到認識的作家，和他聊了起來。」

「對，碰巧被他叫住……」

我將小碟子裡的燉菜送入口中，但現在根本沒心情享受味道。

「你們聊了什麼？」

「他問我分配到哪個工房。」

X老師張口大笑，那是會在人腹中形成迴響的笑聲。接著他一臉滿足地喝了口啤酒，停頓了一會兒。

「他誤以為你是被挖角來這裡。這也難怪，除了被分配到工房外，還沒有哪位作家來過這裡。」

「工房指的是什麼？」

我試著提問，但我已大致猜出幾分。只是為了確認自己沒猜錯，想聽X老師親口告訴我。他以筷子夾起生干貝說道：

「這座山裡有許多個稱作工房的小屋，以分工制來寫小說。」

我將啤酒一飲而盡，果然不出我所料。

「不是有很多漫畫家都會雇用助理來幫忙畫背景嗎？電影則是攝影師、燈光、美術、服裝，各個專業領域的專家齊聚，才完成一部作品。我是用同樣的手法在寫小說。」

X老師招手要雇員過來。

「請給我溫酒。」

接著他望向我，略帶自嘲地笑了。

「我一直都瞞著世人，我其實不是自己一個人在寫小說。你聽了之後有什麼感想？瞧不起嗎？」

「不，由多名寫手以同一個名義來寫小說的例子並不罕見。艾勒里．昆恩[4]和岡嶋二人[5]老師也是。」

「沒錯。不過，他們沒像我這樣欺騙世人。我是將擅長不同領域的作家集合起來，讓他們住在同一個地方，以團隊合作的方式完成一部作品。你過去應該也遇過

4. Ellery Queen，由佛德列克．丹奈與曼佛雷德．李這對表兄弟所組成。

5. 井上泉與德山諄一合作使用的筆名。

吧？登場人物明明對話精鍊，但故事的整體結構卻令人失望的作家；推理的詭計很精妙，但文章卻寫得不像日語的作家；或是明明想得出媲美文豪的精采比喻，但除此之外乏善可陳的作家。他們沒能成名，就這樣從文壇消失，我覺得很可惜。所以我買下這座山，讓他們住在這裡。世人似乎都以為我是為了情人而買下豪宅，整天沉浸在溫柔鄉。」

雇員朝X老師的酒杯裡倒日本酒。他臉完全沒紅，但我已感微醺。因為有美酒、佳餚、檀木的芳香，我有種愉悅的陶醉感。

「我小說裡的登場人物對話，是由專門的『對話』工房負責構思和推敲。我自己一個人無論如何也想不出的絕妙臺詞，就這樣誕生了。我去各個工房巡視，下達指示，對文章進行調整。我不在山上的時候，就由熟悉我作品結構及想法的人來代替我。」

如果是那個人經手，要如實地重現X老師的文體，也不是什麼難事。他巧妙地加入像是X老師會用的表現方式和故事裡的主題，在小說裡注入了比X老師更像X老師的靈魂，幫了X老師很大的忙。

「每個工房裡工作的作家，我都很尊敬。在寫小說方面，他們擁有自己擅長的領域，將那個領域鑽研到極致。不像你是均衡地看待整體，能獨自寫出作品的類型。

他們是有各種缺點，因為沒能獲得讀者青睞，不再堅持走作家之路，即將退出文壇的人。我給他們工作，援助他們的生計。我告訴他們，如果不想和我的小說扯上關係，可以自由離開。不過，目前似乎每個人都很滿意。為了能在這裡得到更好的生活，他們一邊切磋琢磨，一邊幫忙我寫小說。」

我想起了A小姐。她很擅長構思小說，但沒有其他長處，就此斷了作家之路。

「A小姐也在這裡的工房工作對吧？」

「對，沒錯。她母親剛過世時，我去見她。我問她要不要在我的底下工作，她被分配到寫小說最重要的『故事』工房，是多名成員當中的一位。就像好萊塢電影的劇本家一樣，由懂得劇本理論的人來構思情節，她尤其擅長構思故事的基礎部分。但很不巧，今天她好像出外找題材去了，明天會回來。你不會說今天就要回去吧？就在這座山上住一晚，明天和她見過面之後再回去吧。」

不知何時，我面前也擺了斟滿溫酒的酒杯。我含了一口酒，滑順的溫酒散發出的濃郁香氣，盈滿我的鼻腔。當我乾了杯裡的酒，X老師又拿起酒壺替我斟滿。

「我聽說你懷疑我和A的關係，還跑到她的故鄉去查探。我心想，你早晚會知道真相，所以才決定和你見面，向你說明情況。我前些日子出版的新書，你發現那是A的構想對吧？那好像是她很早以前就一直在構思的故事，所以你應該是在哪兒聽過那個構想吧？」

「我原本懷疑是老師您盜用她的作品，但我萬萬沒想到，那本書原來是採分工制寫作。」

「我如果是你，應該會很生氣吧。坦白說，我一直都很心虛。因為世人都以為我是獨力完成小說，相信是我這位作家的靈魂孕育出所有的文字。要是讓讀者知道背後有這麼多人投入創作，應該會很失望吧。不過，為了守護住在這座山林裡的人們現有的生活，我只能繼續以我的名義寫出暢銷書。我有個提議，你要不要在這裡工作？我看過你的著作，全都是我寫不出來的故事。要是你肯到我這座山上來，我肯定能壯大不少。你加入成為我們的夥伴，協助我的寫作工作吧。只要以我的名義出書，出版社就會幫忙大力宣傳，也很快就會拍成電影。雖然因為是共同作業，你無法隨心所欲地掌控一切，但就算遭遇瓶頸、無法創作，也會有人協助你，這就是這種做法的優點。自己一個人寫小說很孤獨對吧？很痛苦對吧？只要待在這裡，就能共同分擔寫作的痛苦。而且上了年紀後，我一樣會保障你的生活。」

我聽了他的提議很高興，因為感覺像是他認同了我的能力。我請雇員幫我端水來，接著我轉身面向X老師，很鄭重地婉拒了他的邀請。因為我沒辦法參與共同作業。

「嗯，這樣啊，真是遺憾。」

X老師這樣說道，神情落寞地將溫酒一飲而盡。

四

我用餐的那間和室，直接就用來充當我今晚留宿的房間。吃完晚餐後，X老師離去，雇員帶我前往大澡堂。屋內有一般浴缸、按摩浴缸、三溫暖，外頭有露天浴池。這露天浴池做成像岩地裡湧出的溫泉，我泡在裡頭，隔著裊裊霧氣凝望星空。風中參雜著山中林木的氣味，住在這裡寫小說，也許真的很幸福。

身體泡熱了，緊張和疲勞都逐漸溶進熱水中。我輪流享受三溫暖和冷水浴後，來到更衣室穿上浴衣。這裡有自動販賣機，不用投幣，只要按下按鈕，就有寶特瓶裝的冰涼茶飲掉出來。聽雇員說，基本上這裡所有的飲料、餐點、點心、各種消耗品，全都免費供應。

回到房間後，地上已鋪好墊被。我熄去房內的電燈，鑽進被窩，回想今天發生的事。X老師現身時，我心裡無比焦急，但現在覺得好在他帶我來這裡。因為對於小說《今天說再見》的盜用疑雲，我原本所猜想的真相，比這還要糟糕。

如果X老師是強行盜用A小姐的構想，我應該會瞧不起他，但看來不是這麼回事。A小姐似乎只是受雇當他的大腦，提供故事的構想來獲得報酬。這樣的話，我就沒什麼資格好抱怨了。

來到這座山林後，路上遇到的雇員都很尊敬X老師，在走廊上和我交談的那位昔日熟識的作家，也說「這裡是個好地方」。如果我是X老師的死忠粉絲，或許會對此感到五味雜陳，但我並未將他如此神格化。作為一位作家前輩、一位暢銷作家，我很尊敬他，現在這份敬意仍舊無損，不，得知他為那些退出文壇的小說家們提供一處大顯身手的場所，我對他的敬意甚至不減反增。

好寧靜的夜。我閉上眼，豎耳細聽。

剛才造訪此地時聽到的古琴聲，又在耳畔響起。

過沒多久，我沉沉睡去。

「…………。……老師……快醒醒啊……」

一個女人的聲音傳來，我就此從夢中醒來。

在昏暗的房內，我猛然想起這裡不是在家中。有人跪坐在棉被旁望著我，藉著窗外射進的月光，微微看得出對方的臉。是戴著眼鏡的長臉女子。

「喂，快醒醒啊。」

這聲音是A小姐。我一時以為是自己睡昏頭了，但看來不是這麼回事。我嚇了一跳，坐起身，本想出聲，但因為剛睡醒，一時說不出話。

「別出聲。」

她似乎很提防四周。

「……好久不見了，A小姐。」

我終於擠出這句話來。

看得出來她只有微微淺笑。

「我以為你已經忘了我，沒想到你竟然能一路找到這裡，真令人意外。」

「我看了X老師的新書，發現那是以前妳告訴我的故事構想。」

「真是失策……」

她忘了曾讓我看那本筆記的事。

「不過，妳為什麼三更半夜跑來找我？」

在我睡覺時把我叫醒，感覺不太尋常。她整個人的氛圍，令我有種不祥的預感。

「我聽說妳出外找尋題材，要等到明天才會回來……」

「那是騙你的。我一直都在這座山裡，和平時一樣，在工房裡工作。我來告訴你，現在危險正步步向你逼近，你最好趁黎明前離開這裡。」

A小姐壓低聲音說道，看起來不像在跟我開玩笑。可能是因為月光的緣故，她看起來臉色蒼白。比記憶中多了幾道皺紋，但臉蛋還是一樣漂亮。

「危險？」

「你和X老師談過話對吧？你們談了什麼？」

「他說他是採分工制寫小說。這座山裡有幾座工房，讓文壇失意的作家在這裡工作。」

「對，沒錯。我隸屬於『故事』工房，因為這個緣故，我和『詭計』工房常有往來。不適合寫小說的推理作家都在那裡工作，我在推動推理小說計畫時，都會和他們一起商量。今天『詭計』工房突然來了一項緊急委託，要他們想出讓一個人從這世上消失的詭計。」

委託工房的內容似乎很仔細。想要讓他消失的這名人物的性別、年齡、身高、體重，以及其他相關資訊，都清楚地寫在委託書裡。而造訪詭計工房的A小姐，碰巧看到那份委託書。

「我一看就知道是你。因為我事前就從X老師那裡聽說，你好像在調查我的事。那份委託書只有提到是為了寫推理小說，要他們想出一套完美犯罪的手法，但其實不是這麼回事。我在想，X老師應該是想用那套詭計讓你從這世上消失吧。」

「這怎麼可能……！」

不過，不能保證沒這個可能。為了不讓我將這裡的所見所聞傳出去，而要將我封口，這事不難想像。我想起他提議要我在這座山裡工作，我加以拒絕時，他說了一句「真是遺憾」。我不能成為他的同伴，所以他肯定是想解決掉我。

「再這樣下去，你會被當作失蹤處理，成為眾多失蹤者之一。」

我明白自己目前身處的情況，就此站起身。

「看來，我要是不離開這座山可就慘了。」

「這就對了，我替你帶路吧。」

「A小姐妳呢？要一起逃嗎？」

「我要留下來。我在這裡有工作，也有家庭……來到這裡後，我遇到我現在的先生。我想守護在這裡的生活，所以拜託你，就算你平安離開這座山，也別對任何人說出實情。你都有性命之危了，我還對你提出這樣的請求，也實在有點奇怪。不過，你要是能答應這點，我會試著以此為條件，跟X老師交涉。只要你保持沉默，X老師應該也不會對你出手。」

迅速換好裝後，我們離開房間。我確認時間，是半夜三點。走廊的燈光都已熄去，一片黑暗，但可以在黑暗中潛行。迴廊沿著山林的斜坡，像迷宮般一路相連。我自己一個人要離開這裡恐怕有困難。我壓低身子，跟在A小姐身後，來到了大門。我從鞋櫃裡找到自己的鞋子，我們走出屋外。

清冷的空氣中飄蕩著白色的霧氣，燈籠的橘色燈光滲進霧氣中，形成圓圈，沿著石板路一路相連。我們朝山麓的方向前進，來到一處滿是日式建築的地方，裡頭窄巷交錯，感覺宛如困在噩夢中徘徊。

當我們走在竹林間的小路時，感覺有人走近。

「快躲起來。」

A小姐拉著我的手，躲進竹林。我們趴在地上，泥土的氣味差點令我嗆到。

在霧氣前方，有手電筒的燈光靠近，來到剛才我們所站的位置。是一位上了年紀的雇員，他面無表情，宛如戴著能劇面具，手電筒的燈光照向四周，似乎在尋人。幸好他就這樣走了過去，我們沒被發現。

「看來，我離開的事已經被發現了。」

「我們就穿過竹林前進吧。」

我們決定不走石板路，改走黃土裸露的地面。四周一片漆黑，就連月光也被竹葉遮擋，我們看不見彼此的臉，只聽得到呼吸聲。

「抱歉，讓你遇上這種事。」

黑暗中傳來Ａ小姐的聲音。
「你是擔心我，才調查我的下落嗎？」
「我是懷疑妳的作品被盜用。我那時提議的登場人物名字，被用在了小說中。」
「原來是這麼回事，你到現在都還沒忘記當初幫我想的名字啊。你知道真相後，想必很瞧不起我吧。我為了生活、為了錢，而在Ｘ老師底下幫忙。我早就放棄自己一個人寫小說了，因為我沒能力寫出出色的文章、創造出迷人的登場人物。我唯一能做的，就只有想出故事開端的構想，而流落到這座山上的作家們也都是這樣，全都是只有其中一件強項的人。為了生活，我們成了支持Ｘ老師寫作的齒輪。」
「我的情況也類似，最近都是為了生活而寫小說，出道時的幹勁已蕩然無存。當時常和大家一起喝酒，現在也都沒了。」
「真懷念，我們還曾經在某人的房間就這樣喝起酒來呢。不過，現在仍持續寫小說的，就只有一小部分人……我啊，很尊敬你。」
「儘管不是暢銷作家也一樣尊敬嗎？」
「這很不簡單喔。自己一個人寫了好幾本小說，還成功出版。」
「與Ｘ老師的小說相比，我的小說就跟不存在一樣。」
我被埋在地底下的竹筍絆到，差點跌了一跤。

在黑暗中，我伸長手臂，邊走邊確認前方有沒有竹子。

「我想過著和小說有關的生活。我無法繼續寫作、離開東京後，我一直都這麼想。所以X老師開口邀約我時，我很高興。就算不能用自己的名義出書，我的構思一樣能被用在小說中，光這樣我就很滿足了。如果以X老師的名義出版，會有很多人閱讀，能帶給許多人感動。既然這樣，就算上面沒有我的名字也無妨。因為是大家一起寫成，所以面對寫作的孤獨也能一起分擔，或是得以減輕……因為寫小說就像是在一條看不見腳下的漆黑道路上摸索前行。」

竹林來到盡頭，前方是宛如懸崖般的陡坡，我們手拉著手，小心翼翼地走下斜坡。穿過地面鋪碎石子的停車場，繼續在山路中前行。已經可以看到前方那座日式建築的大門。

「我只能帶你走到這兒了。」

A小姐停下腳步，似乎打算就此折返。

「接下來我可以自己一個人走，謝謝妳幫我這個忙。」

「很慶幸能和你說到話。我一直都在看你寫的小說，雖然你說是為了生活而寫，但請不要這樣自謙。不論是哪篇文章，都能感受出你的人格特質。就算當不了暢銷作家，我還是很欣賞你的小說，很慶幸能認識你，今後也請你要一直寫下去哦。」

月光照向她的臉。我們彼此都已不年輕了，眼角還多了皺紋，但我覺得連那皺紋也很美。我心中無限感慨，我們握了握手。

「再見了。」

她朝我揮手，原路折返。

接下來只剩我一個人了。

那棟日式建築的木門緊閉，門的左右兩邊是延伸的圍牆，阻止人們進出。我試著沿著圍牆走，找尋能通行的場所，發現有個地方可以利用倒塌的樹木翻越圍牆。雖然我不擅長運動，但也只能硬著頭皮上了。我踩在樹木上，像拉單槓般將身體撐上圍牆。當我翻越圍牆，落向地面時，跌了一跤，扭傷了腳。

我全身沾滿砂土，拖著傷腳往山腳走去。我沿著鋪柏油的道路往下走，但每次聽到車聲就趕緊跳進樹叢裡。那肯定是在找尋我的車輛，要是被逮著帶了回去，我大概會被滅口。我差點因恐懼而腳軟。

道路轉為平坦，我順利抵達山腳的平原，但就像要阻擋我離去般，一條河橫陳在我面前。雖然算不上什麼大河，但流速湍急。我看到橋邊的樹叢下停了幾輛車，顯然有人躲在橋的四周，應該是猜想我會經過，在那裡監視吧。之所以沒看到手電筒的燈光，是為了不讓我發現，而刻意熄去。

我下定決心，打算從離這座橋有段距離的位置渡河。我手抓著雜草，順著河岸的斜坡走進河中。水冷得我直打哆嗦，水深及腰，我幾乎快被不斷湧來的河水給沖走。幸好河底有許多突出的巨大岩石，我得以抓著它們慢慢前進。但走到半途，鞋子脫落，被河水沖走。我被迫得在單腳只穿溼襪的狀態下步行。

成功渡河後，原本彌漫的濃霧已轉淡，感覺終於來到人住的村莊。由於一路上沒有路燈，四周的田園沉潛在黑暗底端。我拖著傷腳朝遠處溫室的白色亮光走去，衣服又溼又重，整個人暴露在夜晚的寒氣下，體溫逐漸流失。

連我走了多遠，還得再走多遠才行，都漸漸搞不清楚。我強忍著因疲勞而很想就此倒下的衝動，極力邁著步伐。感覺就像在寫小說一樣，在書房裡面對電腦打文章時，向來都是這種心情。當然了，有時候並不是這樣。有時我會全神貫注，忘了時間，在激昂感的包覆下，文思泉湧；但有時事後回頭看，發現文章寫得一團糟，最後只好直接刪除。

天色漸漸亮了，原本一片漆黑的夜，從東方開始轉為深藍。星星逐漸消失，清晨的氣息混雜在空氣中。我終於來到溫室旁，不知道裡頭栽種了些什麼，不過，多虧它整晚亮著燈，幫了我一個大忙。要是這裡也一片漆黑，我也許就宣告放棄了。不過，這裡離市鎮還很遠，想要獲救，就非得到有人居住的地區才行。我鼓舞自己奮力前行，就在這時……

「你的腳受傷了嗎？」

背後有人向我搭話。一道渾厚深沉的男性嗓音。

我差點全身癱軟，因絕望而說不出話來。虧我都走到這兒了。

從溫室後面走出來的，是X老師。他穿著晚餐時那身休閒的日式服裝，見我這副落魄的模樣，露出心痛的表情。

「真虧你能走到這兒。來，上車吧。」

那是不容分說的口吻。一輛黑色的高級轎車就停在溫室旁，沒看到司機，四周就只有他一人，但現在的我已沒有精力反抗。

「我不會害你的，上車吧。」

太陽從地平線升起，晨光灑落田園地帶。

我順從X老師的命令，低著頭坐上車。

砰的一聲，他用力關上後座車門。

五

「先生，到囉。」

計程車司機向我叫喚。我付完車資後，車門自動打開，眼前是東京的一家高級飯店。放我下車後，計程車馬上開遠。我呼出的氣息因冬天的寒氣而變得雪白。我摩擦冷得凍僵的手指，走進飯店內。

來到派對會場，將外衣寄放衣帽間後，我便找尋認識的編輯。在入口處拿了杯香檳後，加入其他作家夥伴的行列中，打探對方最近在忙些什麼。出版社在歲末年初舉辦的派對向來都很豪華，桌上擺滿各式各樣的料理，採歐式自助餐的方式，想吃什麼，都能在自己的盤子裡裝好裝滿。天花板垂掛著玻璃製的枝形吊燈，因為燈光顏色的緣故，室內被染成一片金黃。笑聲此起彼落，平時不會碰面的作家和編輯們圍成圓圈，相談甚歡。我與認識的人問候過一輪後，便站向牆邊。

我的責任編輯向我介紹一位新人作家，是在網路舉辦的小說比賽中得獎的一位年輕人。他以緊張的神情，略顯生硬地向我問候。我們聊了幾句，得知他好像還是位大學生。我猜想，以他新穎的感性，今後應該會創作出許多小說吧。每年不知道有多少小說家出道，現在就算沒在比賽中得獎，也能自己在網路上發表小說。編輯找出在網路上蔚為話題的作品，進一步出版的例子也不少。該在哪個階段冠上小說家的頭銜，這有點難以定義。

我望著香檳的氣泡，思索著這件事。這時，附近傳來一群人的談笑聲。

「他的過世，真的很令人惋惜呢。」

「就是說啊，我是從新聞上得知的。」

「聽說喪禮只有他的親人參加。」

「今後派對上再也聽不到X老師的笑聲，真有點落寞呢。」

好像是在談論X老師的死訊。他死於胰臟癌，聽說從發現罹癌到過世的時間很短。之前我與X老師交談時，他應該還沒出現任何症狀。自從前往他名下的那座山與A小姐談話後，已經過了三年。

我含著一口香檳，想起那天早上坐他車的情景。

坐上X老師的車時，我的心裡忐忑不安。因為我確定他會為了守住秘密，殺我滅口，但坐進駕駛座的X老師，卻像要讓我放心似的對我說道：

「我送你去車站吧。身上有錢買車票嗎？不過話說回來，你這身模樣未免也太寒酸了。我很想幫你準備一件替換的衣服，但你還是盡早離開這裡會比較好。你先找個地方藏身，這段時間，我會好好說服他的。」

他駕著高級轎車往山的反方向而去，疾馳在被朝陽除去黑暗的田園風景中。市鎮慢慢出現眼前，他向困惑不解的我解釋。

「看來，我讓你誤會了。這也難怪，你應該是聽說，我委託『詭計』工房想出讓你從這世上消失的方法對吧？但其實不是這樣。情況有點複雜，我其實沒那麼做，我反而是極力阻止的那一方，認為不該這麼做。不過，『他』為了守護這座山的秘密，未經我同意，就開始想方設法要除掉你。『他』擅自使用我的名義，向『詭計』工房發包這項計畫。」

我聽得一頭霧水，向他問道：

「你說的『他』是……？」

從X老師的口吻聽來，似乎指的是某位特定人物，但我猜不出是誰。難道是我沒見過的人？

「在那座山裡工作的人，大部分都認為我就是小說家X，但真正的我，其實只是用來讓X這位小說家的形象深植人心的偶像罷了。我不是作家，是假扮作家的演員，其實連一本書都沒寫過。年輕時，我是位沒沒無聞的演員，後來受『他』雇用，假扮成小說家，這一切都是為了讓作品能夠暢銷。讀者在閱讀小說的同時，也是在看作家本身，為了好好感受作家的世界觀，而拿起作品來看。所以我要盡己所能，扮演一位充滿魅力的小說家。隨筆上寫的經歷，也全都是捏造的。為了不讓X這位無賴派小說家的形象崩毀，我暢飲美酒，在夜店跟女人談情說愛，結識新歡四處旅行。但實際的我什麼都不是，知道真相的人極少，大概就只有『他』和我。我不是小說家X，我只是X這位小說家的一小部分。當初寫下第一本書的『他』，才算得上是小說家X的核心人物。」

「竟然有這種事……」

「你或許覺得難以置信，但這是事實。」

「真的有『他』這樣的人物存在嗎？」

「是的。他在那座山裡，佯裝成雇員的樣子，低調地工作。因為外觀不太顯眼，所以能巧妙地融入眾多雇員當中。與我擦身而過時，也會像其他雇員一樣停下來向我點頭致意。雇員都沒發現『他』才是我的雇主，而當他是同事。每次我看到這樣的場景，總會不寒而慄。因為對我來說，『他』才是應該尊敬的對象。」

車子穿過田園地帶，駛進市鎮的郊外。

「『他』為了守護秘密，想除掉你。不過，我會努力說服他，勸他打消念頭。他不是壞人，只是做事比較神秘，只要和他溝通，他一定會諒解的。基本上，他都待在山裡，沒來過山下的村莊。」

現在開車的這名男性到底是誰？

沒沒無聞的演員？真的嗎？

不，這個人就是X老師，至少對我來說是這樣。對生活在山裡的雇員們來說，X老師就是這個人，就算他沒寫過半行小說的內容也一樣。

「X老師，我認識很多喜歡你的編輯。所以對我們來說，你就是小說家X老師，這點不會有錯。」

他邊開車邊露出苦笑。

「我問你，寫小說是怎樣的感覺？我完全不懂。為什麼想得出那樣的故事？寫出那麼長的文章，很辛苦吧？辛苦寫出的作品，要是不被讀者接受，遭人抱怨、受人嘲笑，應該很難過吧？但為什麼你還能繼續寫小說？不會想停筆嗎？為什麼能繼續保有對小說的愛？我很尊敬你，尊敬所有的小說家。因為像我這種凡人辦不到的事，你們卻做到了。」

車子駛進冷清的車站圓環，X老師停下車。我下車後，他也走出車外，向我握手，他的手又大又有力。

「能遇見你真好。我一直想向人說出這個秘密，說出我無比荒唐的人生。」

他面露柔弱的笑意。那表情不像是位暢銷作家，反倒像是一位上了年紀，但一直都紅不起來的演員。他就像是一頭滿是皺紋的大象，露出和善的眼神。待他的車子駛離，再也看不到他之後，我才朝驗票口走去。那是我最後一次和他見面。

當我聽聞X老師的死訊時，我想到A小姐和其他作家們。在那座山裡為X老師寫書的人，接下來怎麼辦？雖然替他們擔心，但我不想展開調查。三年前的那件事，已在我心裡留下創傷。要是隨便接近秘密，X老師口中的「他」就會盯上我，這次也許我真的會被做掉。現在之所以能平安無事，想必全賴X老師說服了「他」。

派對會場的桌面開始擺上甜點，像寶石般五顏六色的蛋糕、切好的水果，身穿禮服的年輕女作家們聚了過來，將那些裝進自己的盤子。

出版社的社長致辭問候，派對就此結束。接下來會依照各自的交情，分成多個小團體，到鬧街去續攤，這是慣例。X老師還在世時，我曾多次看到他在眾多編輯的簇擁下走向文壇酒吧[6]。因為之前我認為他和我是處在不同世界的人，所以都只是遠望，不過現在，我很想和他們多聊聊。想坐在酒吧的吧檯前喝酒，仔細詢問X老師過

6. 日本文壇相關人士常去光顧的酒吧通稱，也包含高級俱樂部。這些店家大多位於東京銀座或神田神保町周邊。

的是怎樣的人生。他的人生究竟是喜劇，還是悲劇？

在金光燦爛的照明彩繪下，作家們陸續走出派對會場，我也跟在後面。

在衣帽間前，有人向我叫喚。是我認識的一位男性編輯。

「抱歉，派對結束才向您問候，因為剛才一直都沒機會。這次有位剛出道的新人作家，想讓她問候您一聲，不知您是否方便？」

他身後站著一名年輕的女性。

我們第一次見面，她是位身穿黑色禮服的美女。

她走向我面前，向我點頭致意。

她身上的香氣朝我飄來。

「我們編輯部很期待她的表現。她能寫推理小說，對驚悚小說、愛情小說也很拿手，會是出版社備受期待的明日之星哦。」

編輯說。

我點頭，朝她微微一笑。

「這樣啊，日後想必是暢銷書一本接一本地出呢。」

我們站著小聊一會兒，她一直都顯得很謙虛。聊完後，編輯帶著她從鋪地毯的走廊遠去。她的書應該很快就會決定拍成電影吧，還會擺放在書店裡顯眼的位置。我有這種預感。

我想起她向我點頭致意時，飄來的那陣香氣，有種既懷念又可怕的感覺。因為那是瀰漫在那座山上，格調高雅的檀木芳香。

脳内アクター

腦中的演員

一

有種名為「明星系統」的編劇手法。在日本，以手塚治虫老師的漫畫最為有名。如果看了多部手塚老師的漫畫，會覺得「這個角色的臉好像在其他作品也看過」。事實上，是同樣臉蛋的角色，以不同身分在其他作品的故事中登場。

舉例來說，人稱鬍子老爹的角色，是位圓臉搭上白鬍子的中年男性，但有時他會和少年搭檔扮演配角，有時在其他作品中則是以私家偵探的身分擔任要角，而到了另一部作品，又是以壞蛋的角色登場。

如果舉國外的卡通作品為例，像《湯姆貓與傑利鼠》就是。漢納和巴伯拉創造出的角色，基本上就是住在一般家庭裡的貓和老鼠，但有時會成為中世紀的騎士，有時則成為西部拓荒時代的警長。就像是將劇本交給貓和老鼠的演員，讓牠們扮演故事裡的身分。

就像這樣，將同樣畫風的角色當作演員來處理，讓他以各種身分在作品中登場的表現風格，就稱作明星系統。

不過，它原本的含義似乎不太一樣。在製作戲劇或電影時，明星系統是指起用攬客力高的當紅演員，以此為前提來演出的系統。想必是歷經年代的改變後，有了其他延伸的含義。

我所認識的R老師，就是利用這種明星系統來寫小說的罕見作家。他當初是以喜劇風格的輕推理小說出道，之後持續發表驚悚風格的作品、青少年的青澀青春小說等各種類型，是位職人型作家。

「我很不擅長構思人物設定，腦中只想得到固定特色的角色，所以向來都只有同樣的人物在小說裡出現。我筆下的登場人物，他們的個性任誰都可以輕易描寫。在寫他們的登場場景時，我感覺暢通無礙，非常快樂。我的出道作，就是聚集了這些人物的作品。」

我很了解R老師想表達的意思。登場人物就是反映作家內心的一面鏡子，如果是能投影自己形象的登場人物，在寫作時，自己也會隨著他們的心情患得患失。如果不是，登場人物就會像外人一樣感覺很冷漠，寫作時會備感沉悶。

「每次寫新的作品，就要從頭創造出新的角色，分開來描寫，這我實在沒辦法。話說回來，如果得花時間來思考登場人物的個性，我寧可將時間用在構思劇情或詭計上。當初我的出道作出版，正準備寫第二部作品時，我突然想到，只要一直使用同樣的登場人物不就行了嗎？在前一部作品中登場的角色，如果改個名字再利用，也許效果不錯。小說不像漫畫或卡通一樣擁有視覺資訊，所以就算使用同樣的登場人物，只要換個名字，應該就不會被發現。……我萬萬沒想到讀者會接受。我當初並非刻意採用明星系統，是因為到處使用同樣的登場人物，結果不知不覺間，人們就說我採用的是明星系統。」

明星系統要在小說中成立，原本並不是件簡單的事。小說這種表現手法與作家的內心層面緊密相連，作家寫出的文字正是作家本身的苦惱和人生觀。讀者透過文字與作家展開一對一對話，讀者的靈魂接觸作家的靈魂，並因此產生某種療癒，這就是閱讀體驗。

然而，近年來出現一種名為角色小說的概念。這種概念迅速普及，讓重視角色的創作變得活絡。像輕小說就是代表之一，儘管封面不是走漫畫風，但在一般文藝作品中，因為角色的高人氣而獲得廣大讀者支持的小說系列所在多有。小說之中存在著角色成為了一種常態，想必就是這股助力，讓R老師的寫作風格形成了明星系統。

R老師的腦中有個劇團。

不知從什麼時候起，他的讀者們會這樣來形容他。他發表的不同作品間故事或世界觀並無關聯，人名也都不一樣，但有時會覺得是同個人物在扮演這個角色。說是R老師是在腦中將劇本交給劇團成員，請他們演出，再將它寫成文章，大概就可以懂了。

住在他腦中的主要劇團成員有五個人，是在他的出道作中演出主要角色的那幾位。他們以各種名字在R老師的作品中登場，透過描寫出來的個性、言行、動作、引人想起的畫面，馬上便能看出誰在扮演哪個角色。

R老師的死忠讀者，都以出道作裡的角色名字來辨別這五人。他們是三男二女。

赤木禮斗，通稱小赤。感情豐富，淚腺發達。有著熱情的靈魂，對什麼事都很熱中，但也因為這樣而容易激動，是其缺點。

涼宮蒼，通稱小蒼。是位個性冷靜的人，總是能退一步來觀察這個世界。他是重視邏輯勝過熱情的行動類型，很受女性歡迎。

君塚黃夫，通稱小黃。做什麼事都會搞砸，常受欺凌的角色。柔弱無力，老是陪笑臉，但心地善良，是一位能明白別人痛苦的人物。

這三人是男性的劇團成員。視作品而定，有時他們扮演十幾歲的高中生，有時也會扮演三十多歲的上班族。就算書中出現「因為年紀增長，頭髮變得稀疏」這樣的外觀描寫，他們一樣保有原本的形象。讀者腦中會浮現演員化了老妝，在故事中演出的模樣。

R老師的死忠讀者閱讀他作品真正的樂趣，不是享受每部作品中的角色，而是猜出演出角色的是哪位劇團成員。

在某部作品中，小蒼成了殺人犯，殺害了小黃，而揭穿這個秘密的人是主角小赤。兩人被描寫成敵對的關係。

但在其他作品中，小赤與小蒼飾演兄弟，因家人的情誼而關係緊密。兩人合力面對困難，令人動容。

隨著作品不同，立場和關係性也會改變，因為是同樣的演員，所以讀者會有種不可思議的感慨。一部分的女書迷採用「你們前世是敵人，但這一世卻是兄弟，真是太好了」這種解讀方式，樂在其中。這是普通小說感受不到的特殊閱讀體驗。

宮崎桃，通稱桃桃。長相可愛，個子嬌小，很在意別人覺得她很稚氣。言行自然不做作，但這全都是刻意營造出來的。

黑柳凜緒，通稱黑黑。一頭黑髮的美女，手腳修長，十足模特兒的身材。氣質高冷。

這兩人都是女性劇團成員。往往愈是死忠的讀者，愈會分成桃桃派和黑黑派。有讀者會寫信給R老師提到「請務必要寫出桃桃有活躍表現的故事」，也有讀者投書編輯部提到「前些日子的作品，黑黑的出場機會太少了，希望有以她為核心的故事」。

在某部作品中，小黃與桃桃扮演的角色是情侶關係，而在別的作品中，桃桃則是和小蒼以夫婦的身分登場。

也有黑黑與小赤搭檔解決困難案件的偵探作品。黑黑是不愛外出的偵探，小赤是熱血員警。

R老師向我說明道：

「在思考故事時，我都是從『下次讓這孩子扮演什麼角色會比較有趣呢』來構思。像小蒼和小黃談禁忌之愛的故事，尤其能引來廣大的迴響。」

R老師的著作不是系列作，每部作品都是單本完結，但他的作品可說是透過扮演角色的劇團成員而全部串連在一起。因此就算是新作，既有的讀者還是會忍不住想買來看，因為登場人物全都一樣，感覺就像熟悉的系列作一樣。「這次好像是那五位固定班底漂流到一座無人島哦」，就像這樣，雖然換了場景，但固定的成員就能確保會有品質穩定的對話演出。

「這種創作手法真有趣。像R老師一樣採這種做法的作家，可說是絕無僅有了。」

我坦白地說出心中的感想。

「不過，從某個時期開始，我開始覺得很傷腦筋。」

「傷腦筋嗎？」

「對，他們看起來就像圖帕一樣……」

R老師提到圖帕。

也許該發音成「Tulpa」才正確，不過，日本一般都念成圖帕。

這在藏語是「化身」的意思。原本似乎是印度佛教和藏傳佛教使用的一種概念，但二十世紀的歐美神學者誤解了這個概念，廣為流傳的結果，就是現在它的含義成了「藉由精神修行創造出的假想朋友」。

R老師難為情地搔著頭，向我坦言道。

「自己一個人的時候，我想的都是小說的事。如果感到苦惱，就跟腦中的五個人討論。例如問他們，這個角色你覺得怎樣？想不想演那樣的角色？在房裡一個人喃喃自語，與他們進行對話。對我來說，演出者的心情很重要。因為當他們滿懷期待，徹底融入角色中時，作品往往都會有很好的呈現。不過，他們就像真的存在於我腦中一樣，會自己展開行動。某天他們出現在了我的面前，他們從我腦中走出來，在我的房內四處走動。」

二

我第一次和R老師交談，已是很久以前的事了，記得是在編輯主辦的一場酒局中。當時我們都還年輕，出版的書不多，記得我們總會聊到心中的煩惱，不知道能否繼續當作家。

我們走出第一家店，改去第二家店續攤的途中，發生了一件令我印象深刻的事。一位一看就知道是流浪漢、模樣窮酸的老先生，走斑馬線走到一半，突然跌倒在地上。

我、編輯以及其他作家，都只是斜眼瞄著那位流浪漢說道「啊，他跌倒了」，就此經過。但R老師可就不同了，他走近那個人，一面問他「你不要緊吧？」，一面扶他站起來。

在這個瞬間，可以看出他善良的一面。直接路過不停的我們，則顯得很冷血。閱讀R老師的著作，就會感覺到像這樣的溫柔視線。

「我沒有家人。父母在我年幼時就離婚，我跟著母親，但母親也在我成年後不久便過世。父親音訊全無，母親沒有其他親人，所以之後我一直都獨自一人。沒有朋友，也不覺得自己能和人結婚。我早已作好心理準備，今後應該也是自己一個人在東京生活吧。」

別人的傷痛對了解孤獨的人來說，想必就像是發生在自己身上一樣，能充分理解吧，所以他的作品才會那麼溫柔。

在逐漸消失的眾多作家中，我們勉強在出版界存活了下來。他採用明星系統，確立了獨特的寫作風格。不知為何，我則是接受《怪與幽》等怪談類雜誌的邀約，替他們寫些雜文。

我與R老師後來還是有機會在派對上碰面，但已不會慢慢暢談彼此的創作。不過，今年編輯安排了一場我和R老師的酒局。

最近我寫作陷入瓶頸。該寫的內容已事先整理在筆記本中，可一坐在電腦前，不知為何，就是寫不出文章。情況好的時候，寫起文章如行雲流水，但陷入瓶頸時，只能望著閃爍的游標，一個字也打不出來，一耗就好幾個小時。

我試著與編輯討論後，聽說R老師現在也處在類似的狀態下。我聽了相當開心，除了我之外，也有一樣陷入瓶頸的作家，這件事令我大為寬心。

「真是個好消息。連R老師這麼厲害的作家都會寫不出來了，我寫不出來也就合情合理了。」

「那麼，下次一起喝酒吧。你們兩位就好好互舔傷口吧，應該會有負負得正的效果。」

在編輯這套莫名其妙的理論下，我們在中央線沿線的車站集合，一同走進酒吧。許久不見的R老師，服裝變得比以前華麗，也許是書賣得不錯。這筆酒錢，編輯會報帳核銷，所以我們就不客氣地點了昂貴的酒。

我們邊吃邊報告近況，笑著聊到彼此正陷入瓶頸，同席的編輯則是面色凝重。待有了幾分醉意後，聊到創作相關的話題，我決定針對他的明星系統提問，深入挖掘。這當中有我的盤算。如果我也能模仿明星系統的話，那我一定要嘗試看看，這也許能成為我突破瓶頸的啟示。要做怎樣的訓練，才能讓帶有角色人格的劇團成員顯現在小說中呢？

目睹R老師的成功，有幾位作家也嘗試採取明星系統，但結果都算不上成功。不是嘗試一半就膩了，就是抓不到那種感覺，很快就又恢復成一般的寫法。也許只有R老師握有讓明星系統得以實現的方法。

不過，當話題談到圖帕時，那個不同於我原本所想的含義，激起了我的興趣。如何擺脫瓶頸的問題，也可以暫且拋向一旁。我有預感，這會是個超乎預期的話題。這方面的奇妙話題，向來都是我的最愛。

「曾經有讀者指出這點，說我在寫小說時，可能都是一邊請我腦中的劇團成員來演出，一邊將演出的情況寫成文章。以前我沒這樣的自覺，但是經讀者這麼一說，確實如此。我腦中有當初在出道作中扮演主要角色的五個人，在舞臺邊等候自己上場。」

在電腦前寫作時，R老師的腦中有一個寬廣的小說舞臺。劇團成員會輪番上場，徹底化身成他們被賦予的身分，說出他們的臺詞。

「我事前決定的，就只有大致的故事流程。接下來他們會採取符合自己身分的動作，即興說出臺詞，我再把他們的演出寫成文章。當然了，有時也會進行得不太順利。這種時候，我會請他們再次演出同樣的場景，進行與剛才不一樣的動作和對話。

他們五人似乎都很熟悉彼此的個性，明白如果說這樣的話，對方會有什麼反應。總之，他們默契十足。」

R老師是導演、是編劇，同時也是舞臺的美術總監。腦中的劇團成員會在他腦中打造出的表演舞臺上面，即興演出戲劇，這正是他小說的真正由來。

「R老師，他們也聽得見你的聲音嗎？」

「聽得見，而且不光只有聲音。我的身體雖然是坐在電腦前，但我同時也和他們處在同樣的空間裡。我夾雜著比手劃腳與他們對話，告訴他們要做這樣的動作，要做這樣的表情。」

「意思是你自己的虛擬人物會站在腦中的五人面前，下達各種指示嗎？」

「這樣會比較快。他們也是，有我在面前盯著，會產生緊張感，因而展現出幹勁。在他們的機智和即興能力下，創造出我想像不出來的出色場景，像這種時候，我會在他們演完後跑向他們，與他們五人握手。不過，現實世界中的我是坐在電腦前，賣力地寫下他們創造出來的場景。」

「現實與幻想似乎混雜在一起呢。」

「事實上，在疲憊的時候，這中間的界線會隨之鬆動，搞不清楚自己處在哪一邊。」

某天他坐在椅子上休息時，有人從後面走來，開始替他按摩肩膀。他自己一個人住，所以屋裡除了他之外，理應沒有別人才對。

他大吃一驚，回過頭去，發現是劇團成員小赤在替他按摩。他這才發現自己不是在現實世界裡休息，而是在腦中打造出的小說舞臺的椅子上休息。

「我都是自己一個人住，所以我也許是想和人對話吧。在寫小說時，腦中大部分時間也都是和他們一起度過。一邊喝酒，一邊邀請他們到我腦中打造出的房間來一起聊天。他們好像也都有各自的煩惱，有時我也會給他們意見。」

「例如呢？」

「桃桃一直都深受讀者的誹謗中傷所苦。當她在小說中扮演可愛的女生時，有讀者會說『故意裝笨來吸引異性』或是『真受不了她的膚淺』。我會安慰她，替她打氣。事實上，她一點都沒錯，是我將她的演出寫成文字時文才不足，沒能適當地描寫，是我不好。」

R老師腦中的劇團成員擁有不同的人格，而且投入小說的演出中時，似乎與實際存在的人物一樣會有煩惱。

「作家當久了，與他們的對話變得很平常。他們的聲音聽起來就像真人的聲音般，令我的鼓膜為之震動。尤其是與小蒼的對話更是方便，因為小蒼頭腦清晰，和我不同，他很擅長計算。在日常生活中，非得心算不可的時候，只要向腦中的他詢問，馬上就能得到答案，很神奇吧？」

從幻聽開始。住在他腦中的人們，開始漸漸侵蝕現實。

「不久後，我感覺屋裡有其他人在，有時會覺得視野角落好像站了個人。我並不覺得可怕，反而心想，他們終於來到我這邊了，為此感到高興。我知道了圖帕這個名詞，經由寫小說這項共同作業，我成功讓他們五人以圖帕的形態顯現。」

某天，R老師靠在沙發上發呆時，一位一頭烏黑長髮的女子從他視野的角落橫越。是黑黑，他還聞到一陣花香。

R老師起身環視室內，發現小黃神情緊張地坐在餐桌椅上，小蒼盤起雙臂望著窗外，桃桃望著牆上裝飾的畫，小赤站在屋內中央。

「老師，早安。今天要描寫怎樣的場景？要照昨天那樣繼續演下去嗎？」

小赤向他說道，一副很想演出的模樣。R老師一點都不驚訝，就算明白這不是他腦中的舞臺，而是他在現實世界中的住家，他也覺得他們出現在這裡是很理所當然的事。

三

我接受他們的存在，而且與其留在腦內，實際在我面前當然更好。在很多方面，他們的存在感與日俱增。如果他們站在窗邊，光線照在臉上，另一側就會形成暗影。在腦內時模糊不明的陰影，變得能在眼前仔細觀察。只要走近，甚至會傳來香水或美髮造型劑的香氣。只要稍微動一下，他們腳下的地板就會微微發出嘎吱聲。這全都只是我的腦袋引發的錯覺，因為他們並非真的在那裡。

我能觀察眼前的他們，以文字來描寫，反映在小說上。他們扮演的小說角色，應該會更逼真地傳達給讀者吧。

他們並非始終都待在我的屋子裡，而是有各自的家，沒事的時候會自動消失。在我腦內的某個深處，想必有他們居住的市鎮吧。每當上午我寫小說的時間一到，他們就會像到公司上班一樣，不約而同地聚集過來。

在腦中請他們演出的這項做法，持續了一段時間。例如需要大型道具的場景，還是請他們在腦中演出比較合適。不過如果只是單純的對話場景，則大多是在我的房間裡實際演出。

他們以圖帕的形態顯現在現實世界後，自我變得更明確，開始會清楚表示自己想做的事以及要求。

「老師，我想演動作片。您可以想想辦法嗎？寫個熱血激昂的故事吧。」

我邊看電視邊吃晚餐時，小赤突然現身這樣說道。想必是受到電視上播出的動作片廣告影響。

「請描寫在行進的列車車頂上邊移動邊和人戰鬥的場景，我會好好演的。」

我不認為我寫得出來那種小說。話說回來，以日本的鐵路環境，要在列車車頂移動，有可能辦到嗎？以東京為舞臺的情況下，每一站的距離都太短，才剛爬到車頂上，恐怕很快下一站就停車了。

「沒問題的啦，老師，只要是虛構的世界就行了。如果您覺得設定世界觀有困難，我們可以幫您，所以就拜託您了。」

雖然很苦惱，但當時我也沒有其他想寫的故事，所以決定試著寫中篇小說。一個以虛構的都市當舞臺的賽博龐克[7]小說。小蒼構思科幻的設定，幫忙構築這個世界觀裡的建築；小赤則在行進的列車上與壞人展開追逐，讀者們給予熱烈的迴響。我也很驚訝自己竟然寫得出這種作品，這是我自己一個人不可能想得到的全新方向。

「我想在以時尚界為舞臺的小說中演出，然後試穿各種可愛的服裝。」

桃桃說。這是過去我一直不感興趣的領域，但他們大力給予協助，每當我在故事的走向和文章上卡關時，他們便會提供各種提議來幫助我。

「這裡寫錯了哦，老師。」

小蒼的文章校正能力也相當優異。我在寫作時，他從旁邊望著我的電腦畫面，一眼就能發現哪裡錯字或漏字。他比我聰明，能想出一般人想不到的高水準詭計，幫我安排劇情。

此外，當我要描寫自己很不熟悉的女性微妙心理時，黑黑會坐在我身旁支援。

「老師，請照我說的寫。」

我照著黑黑說出的文章打字。那一刻，我不是作家，就只是位文書員。黑黑似乎有詩人的才能，她想出的話語，能豐富地呈現女性的心理層面。

他們開始會對寫作給出意見，但一切都是往好的方向走。我很享受與他們的共同演出，陸續推出新書，讀者們也都很樂在其中。

不過，只有小黃似乎很煩惱……

「為什麼我一直都沒人氣？」

7. Cyberpunk，一種科幻文學流派，起源於一九八〇年代間的美國文壇。通常描述一個高度現代化的未來世界，其中科學技術的進步和普及改變了人類社會的本質。

我正在刷牙時，小黃出現在我身後如此低語。他似乎很在意自己在讀者之間人氣低迷這件事，與其他四人相比，他顯得很沒特色。他被定位成長得不起眼，老是被欺負的角色，也沒有鮮明的個性。

我對他說，小說裡需要像你這樣的人物。

「說得也是。像我這樣的平凡人物，讀者也許會有移情作用。我今後也會繼續努力的。」

小黃說完後，當天便回去了。對於他的煩惱，我沒太深入細想。因為只要人多聚在一起，一定會有人氣的差異。這是沒辦法的事。

當時，我的著作被拍成電影，一切都很順利。和責任編輯一同到拍攝現場，和知名演員寒暄問候，還進行對談，過著忙碌的日子。

我和劇團成員一起欣賞拍好的電影。電影公司寄來即將完成的影片光碟，我們圍在房內的螢幕前一同觀看。

劇團成員對於小說中他們所演的人物改由他人扮演，顯得興趣濃厚。

「你們不覺得這女生演技很差嗎？如果是我，會演得更好！」

桃桃不滿地說道。她在小說中扮演的角色，根據電影公司的判斷，交由一位新人偶像來擔綱演出。

「別這麼說嘛，這是所謂的明星系統。」

小蒼安撫桃桃道。

「因為這女生答應演出，所以預料會吸引一定的觀眾，才能以現在的預算拍這部電影。」

其他人也都很享受這部電影。電影結束後，我們開紅酒乾杯。雖然實際舉杯飲酒的人只有我，但不知從什麼時候起，他們也以虛擬的酒杯喝著虛擬的紅酒，因微醺而心情愉悅。

小黃喝得爛醉，女生們在他臉上塗鴉，小赤和小蒼見狀都笑了。眾人的歡笑聲，在理應只有我一人的房間裡響起。自我的出道作以來，他們長期都陪在我身旁，感覺就像真正的家人一般。我自幼父母離異，常是自己一個人待在屋裡，所以這也許是因為我一直都對熱鬧的屋子抱持憧憬吧。

「白泉乃亞這女孩，下一部作品也會登場嗎？雖然是配角，但令人印象深刻，我很希望能再看到她參與演出的作品。」

幾年前，我的責任編輯和我提到這件事。

白泉乃亞是小說中以配角身分登場的女孩。這並不是由劇團成員裡的某人扮演的角色，感覺更像是故事背景般的人物。

以我小說的情況來說，劇團成員所飾演的角色都很鮮活，但其他人物則往往沒什麼特色。配角不會露臉，始終都只是為了讓小說得以成立而湊來的臨演，是如同背景般的存在。

但不知為何，白泉乃亞這個配角令責任編輯印象深刻，他很少提出這樣的請求。

「R老師的小說，過去大多是桃桃或黑黑飾演女主角。所以有其他女孩出現，感覺很新鮮。」

也許真是如此。責任編輯的意見很有道理，長期以來，我都是以同樣的成員來寫小說，缺點就是會讓人覺得老套。

白泉乃亞只在一部作品以配角的身分登場，演出的場景不多，臺詞也很普通。但試著回頭重看一遍後發現，她登場的場景確實有一種前所未有的新鮮感。

「就讓住在R老師腦中的劇團成員再多一人吧。」

責任編輯說。

可是，我該怎麼做？

「我們一起針對白泉乃亞這個女生來思考吧。」

我聽從責任編輯的建議，決定也要讓她在下一部作品中登場。要將她描寫成一位個性純真無邪，帶有仙氣，一往直前的少女。說來也真不可思議，明明角色名字不同，但讀者似乎感受得到她就是在前一部作品中登場過的白泉乃亞。從那時候起，她便以「白白」的稱呼在讀者間傳了開來，我的小說也開始起了變化。

四

白泉乃亞，通稱白白。

這位新進的腦中劇團成員，受到讀者們的接納。R老師對這樣的反應很開心，增加了她演出的場景，投入新的作品中。

「起初她的形象還很模糊，但隨著在小說中的一再演出，漸漸有了明確的人物形象。不知從什麼時候起，她的臺詞開始化為聲音，在我腦中響起。那是令人內心受到洗滌，優雅又年輕的聲音。」

總有一天，她應該也會像其他劇團成員一樣，在屋裡現身吧。他有這樣的預感。

在他腦中，白白已有人的形態，以雙腳站立，會接受他提供的劇本，為小說演出。其他劇團成員對於發掘白白這位新人，似乎各自有不同的看法。

「小赤與小蒼對於她那身仙氣讚不絕口，而另一方面，桃桃和黑黑則是感到戰戰兢兢，因為多了位搶奪女主角寶座的競爭對手。不過就在那時候，將桃桃、黑黑、白白描寫成三姊妹，以她們當主角的系列小說也開始連載。她們兩人就此態度轉變，變得很疼愛白白這位老么。」

問題出在小黃。白白人氣攀升，常在作品中露面後，他登場的機會一下子驟減許多。二來也是因為R老師和責任編輯都將注意力放在白白身上，完全忘了分配小黃的角色。

漸漸地，小黃都被安排擔任像臨演般不起眼的角色，但也沒有讀者對此感到不滿，因為讀者都很享受白白與其他劇團成員間充滿新鮮感的對話。

「老師，也請替我安排會令人留下印象的角色吧。我會努力演好它的，拜託了。」

深夜時分，當R老師起床上廁所時，發現小黃站在走廊的暗處。他以啜泣般的表情向老師提出請求。

「我明白了，改天我會考慮讓你當主角。」

這是違心之言，但小黃信以為真。

「啊，老師，太好了，您沒忘了我。一定要說到做到哦，就這麼說定了。」

「我答應你，我會寫一部由你來獨挑大梁的小說。我說到做到，你今天就先回去吧。」

「非常謝謝老師。」

小黃一臉開心地離去。

在中央線沿途的酒吧裡，我聽R老師的故事聽得無比入迷。利用明星系統來寫小說，比我想像的還要奇特。住在他腦中的劇團成員們各自擁有不同的人格，與他展開對話，他簡直就像是擁有多重人格一樣。

這樣就不難理解，那些模仿R老師，嘗試以明星系統來寫小說的人，為什麼全都失敗收場了。如果不能像R老師一樣，達到疑似解離性身分障礙[8]的程度，可能就造就不出扮演各種角色的腦中劇團成員了。

R老師邊喝日本酒，邊告訴我當時的情形。

「白白以劇團成員的身分順利成長，真的很幸運。以她當主角的小說成功再刷，讀者們為白白的故事感到著迷。」

「小黃後來怎麼樣了？」

8. DID，早期稱之為多重人格障礙。

R老師聞言，露出連想都不願想起的表情。

「那傢伙太糟糕了。」

「你說糟糕的意思是……？」

「我沒想到他的個性那麼麻煩。他動不動就出現在我面前，堅持要我多讓他在小說裡登場。」

R老師外出走在巷弄時，他會從電線杆後面現身，一臉陰沉地說老師沒說到做到；老師在車站月臺等電車時，他也會站在來往的行人中瞪視著他，「是你說要寫一部由我當主角的小說，但到底什麼時候才要寫」，開始這樣的無言控訴；和責任編輯在咖啡店裡討論時，小黃也會躲在店內的觀賞用植物後面緊盯著他們瞧。

「小黃的個性怯懦，沒做出粗暴的行徑，但老實說，真的很惹人厭。說起來，他們也沒辦法對我胡來。因為他們就像是我內心創造出的幻影，照理來說不可能會對我造成物理性的危害。」

不過，R老師也沒辦法強行將他排除在外。就算想將出現在眼前的小黃推開，但也只會從他的身體穿過，就像伸手去推煙霧一樣。

R老師完全拿他沒轍。夜晚走在路上，被埋伏在一旁的小黃嚇了一大跳，這種情形也不止一次、兩次；躺在床上想睡覺時，小黃會來到枕邊，不斷懇求讓他在小說中演出。

「我都擔心會因此變得神經衰弱了。看到他的臉就覺得可怕，根本沒心思寫小說。而且感覺他的面相變得和以前不一樣，也不知道該說是崩毀，還是扭曲變形……可能是因為他在我心中的形象變質的緣故吧。當我發現這點時，我心想，唉，這傢伙已經完了，他的演員生涯到此結束。」

你沒說到做到！

小黃一再重複這句話。

當初說要寫一部由他當主角的小說，他一直相信著這個謊言。

「這也是沒辦法的事啊。起用當紅的演員，不紅的演員就被推向不顯眼的位置，這就是現實。」

「他現在還會埋伏等你嗎？」

「不，他已經不在了。」

「他已經能諒解了嗎？」

「很遺憾，結果還是沒用。他到最後始終堅持要演更好的角色……」

因為小黃的存在，攪亂了R老師的心思，寫作變得很不順利。因此其他劇團成員認為得想辦法解決才行，就此展開了行動。

「他們是圖帕，就像是我的大腦看到的幻覺，並非實際碰觸得到，所以我無法用物理性的方式抓住小黃，將他趕走。但如果是和小黃一樣的其他成員，就能碰觸他，將他抓起來。所以某天我們展開了一項計畫。」

「什麼計畫？」

R老師確認不會被周遭的人聽到後，向我說道：

「我們動手殺了他。」

那是個雷電交加的雨夜。

雨滴重重打向玻璃窗，天空不時發出白光。

我喝著威士忌，在屋裡構思小說的情節。這時，我發現屋內的某個暗處散發人的氣息。

一個纖瘦的男人身影出現，他發出啜泣般的聲音。

「老師，請讓我在小說裡演出。再這樣下去，我恐怕會被大家遺忘，我好怕呀。我感到很不安，怎麼也靜不下心來。要是大家忘了我，我一定會從這世上消失，所以我希望您能讓我在小說裡登場，我求您了。」

天空突然一亮，他的身影浮現在暗處。

小黃正雙手掩面哭泣。

「我很抱歉，這裡已沒有你的容身之處。」

就在我說這話的同時，事先藏身在屋內的其他劇團成員紛紛竄出。他們朝小黃一擁而上，從背後架住他。

小黃大吃一驚，極力抵抗，但一切只是徒勞。因為他原本的設定就是瘦弱又不會和人打架，他仰身被壓制在地板上，以滿是悲戚的眼神望著我。他那張扭曲的臉孔，看得我心裡發毛。

小赤跨坐在他身上，勒住他的脖子。小蒼壓住他抵抗的雙手，桃桃和黑黑壓住他的雙腳。白白沒在場，因為她還沒以圖帕的形態現形，而且也沒必要刻意讓她看到這種場面。

一陣幾欲竄進體內的雷聲響起，電力變得不穩，屋內的燈光閃爍。小黃痛苦掙扎的聲音變得愈來愈小聲，他的抵抗轉為柔弱無力，最後不再動彈。

小黃再也沒有起身。曾在我的小說裡扮演各種角色的劇團成員小黃，就這麼死了。他們將他的遺體帶往他處，屋裡什麼也沒留下。因此，沒有留下有人喪命的痕跡。

我應該不會被問罪吧。那天晚上我殺害的，是個沒有實體的人。偶爾會有讀者來信問小黃到哪兒去了，應該是看他最近都沒在小說裡登場，感到納悶吧。我沒回答這個問題，始終不予理會。白白的表現搶眼，很快便再也沒人提到小黃沒登場的事了。

R老師的獨白結束，店家關門的時間也快到了。店內只剩我、R老師，以及提議辦這場酒局的編輯三人。我的責任編輯似乎也是第一次聽R老師提到這件事，頗感驚訝。

我最近沒追R老師的作品。之前隱約知道新加入一位女性的劇團成員，但那位人稱小黃的劇團成員消失一事，我倒是一直都沒察覺。

腦中的劇團成員是R老師自己想像並創造出的虛擬人物，而非真實人物。儘管如此，可能對於殺人一事還是會感到恐懼吧。在聽他陳述的同時，我備感難受。

編輯以公帳付了這筆酒錢。

離開酒吧後，我們決定在東京的夜街走一小段路。

「我們彼此都好好努力寫作吧。」

R老師說道。這時我突然產生一個疑問。

「話說回來，R老師，你現在為什麼會陷入瓶頸呢？」

我們現在都處在寫不出小說的狀態下。

「我也不知道。雖然還是和以前一樣，一邊和劇團成員討論，一邊構思劇情，但不知為何，就是寫得很不順手。不過，總會有這種時期的，過一陣子應該就寫得出來了。」

確實如他所言。之前也是這樣，等過了一段時間後，就自然又能寫了。乾脆現在就當作是為了寫作而充電的時期吧。與其為了寫不出來而苦惱，不如接觸各種作品，讓心靈更加充實，好好享受這段時光。等到能再次寫作時，這應該也能成為文筆的肥料。

這時，我看到一名像是流浪漢的老先生蹲在路旁。我們從他身旁走過，飄來一股撲鼻的惡臭。

R老師邊走邊說道：

「啊，真臭，看了真礙眼。」

那只是一句輕聲嘀咕，碰巧讓我聽到。

……奇怪。如果是以前的R老師，絕不會說這種話。我們第一次見面時，他不是還扶起一位在斑馬線上跌倒的流浪漢嗎？我開始想像。登場人物是反映作家內心的一面鏡子，對R老師來說，腦中的劇團成員不就是與他內心緊緊相連的存在嗎？他殺害的那位叫小黃的腦中劇團成員，雖然怯懦又瘦弱，但很了解別人的傷痛。如果R老師因為殺了他、讓他從這世上消失，而使得自己的精神有一部分也因此失去作用的話……

不，別再亂想了。這一切都是我自己的想像。

可是……

來到車站了。我和R老師的住處不同方向，所以前往另一個月臺。在車站內道別時，我們彼此行了一禮。他轉身離去的背影，消失在末班電車時間將至、來往匆忙的人潮中。

幾天後，我因為在意此事，而拿起R老師最近的著作來看。他寫的故事比以前更為暢銷，許多評論家都對那位帶有仙氣的女性角色讚譽有加，但以前從他字裡行間可以明確感受到的溫柔和慈愛的視線已不復存，令我心中不勝唏噓。

ある編集者の偏執的な恋

某編輯偏執的愛

一

小說家與編輯的關係，一言難盡。

小說家執筆寫故事。

編輯將它製作成書問世。

如果說小說家像是在田裡種菜的農家，編輯便是負責將蔬菜上的泥土洗淨，裝進袋子裡，一面宣傳「這蔬菜很好吃哦」，一面將蔬菜送往賣場的人。

小說家在寫作時，不需要別人的幫助。在寫小說時，往往都是獨自一人，孤獨地沉入自己的內心世界，撿拾散落在心底深處的文字碎片，是宛如追求個人主義到極致的職業。而另一方面，以文藝編輯來說，如果小說家不寫小說，就做不出書本。至於針對已成公版的昔日名作加以編纂，那就另當別論了。

那麼，要是拿小說家與編輯來比較，小說家是否地位就比較高呢？

不，其實未必。

編輯可以挑選要合作的小說家，書賣不好的小說家會被捨棄，沒工作上門。話說回來，將因為愛好而寫小說的普通人，打造成小說家這種職業的人，就是編輯。看出一個人腦中幻想出的故事有其價值，讓它具有社會性，成為一項商品，這正是編輯的工作。

小說家與編輯的關係，是在微妙的力量平衡下才得以成立，沒有誰尊誰卑。就像夫妻一樣，雖然很想這麼說，但我沒結婚，所以沒把握這樣形容是否恰當。

說到結婚，我有位認識的女性編輯結婚了。

她婚前曾問我一個問題。

「我想和某位作家合作，該如何邀他替我們寫稿才好呢？是不是有什麼訣竅？要是老師您知道有什麼好的委託方法，會讓對方覺得『如果是這位編輯，我可以和她合作，為她寫小說』，可以告訴我嗎？」

「才沒什麼好方法呢。因為基本上，作家都不想寫小說。」

「這麼說來，只有老師您……」

「不，全世界的作家都是這麼想。不想工作，只想躺著聽音樂，覺得坐在電腦前是很痛苦的一件事。也許只有一小部分有強烈欲望的作家不一樣，但那是因為他們還年輕。只要在出版界工作一段時日，就會逐漸失去幹勁，變得內心空虛。」

「沒夢想也沒希望嗎？」

「我這是針對妳的提問回答，不過要是編輯與作家之間建立出信賴關係，就會想要工作。應該得先從建立信賴關係開始做起吧。」

「要怎麼做才能得到信賴呢？」

「酒局。用公司的錢請作家喝名貴的酒，然後死命地誇獎那位作家，由裡到外，肯定他這個人的一切。作家會漸漸感到心花怒放而產生錯覺，認為這位編輯值得信賴。」

「只是錯覺沒關係嗎？」

「沒關係的，只要對方答應寫稿，就算是錯覺也沒關係。」

當初展開這樣的對話，是幾年前的事呢？

我試著回想當時的對話，發現那項策略有個嚴重的缺陷。不是所有小說家都能喝酒，也有人認為和編輯一起用餐是件苦差事，像是不擅長與人交際的那類作家。像這種情況，邀對方一起用餐會有反效果。沒察覺這點的編輯出奇得多，作家明明已深感壓力，這種編輯卻還頻頻想約見面。

小說家D老師遭遇的悲劇，也許就是這個問題擴張至極所造成。

D老師是位身材清瘦、沉默寡言的純文學作家。大學時代就是文藝青年的他，之所以立志寫小說，並不是因為想寫出傑出的小說，讓自己能在文藝史上留名，而是因為他對自己的溝通能力深感絕望。他曾經說過：

「我很不擅長和人說話。當初大學畢業出社會時，我不知道自己未來會怎樣，對此感到惶恐不安。就算能進入某家企業任職，也非得與職場上的人交流不可。但像我這種個性陰沉、就算有話想說也不敢說、總是低著頭的傢伙，在職場上一定會遭受惡劣的對待。新進員工因為神經衰弱而自殺的新聞時有所聞，我認為這種事也可能發生在我身上。」

D老師是位長得五官端正的青年，少言寡語，散發一股陰沉的氣息，但這種純文學作家的神秘性，正是他的魅力所在。我忍不住猜想，他大學時代想必很有女人緣吧。但總是如此陰鬱的他，別說女友了，就連朋友也沒有。

「我沒自信能好好在社會上生存，所以我心想，一定得找一份可以自己一個人默默處理的工作，必須學會這項技能來賺錢謀生。所以我才決定寫小說。如果能當上小說家，我可以一整天關在屋裡，就算不和任何人交流也無妨。對我來說，這是最棒的工作。」

D老師在大學就讀期間，就已開始量產小說。因為沒和同學交流，所以沒人邀他出遊，也就沒人妨礙他寫作。當時他寫的小說都很陰鬱。

「一位個性內向的主角，過著對許多事都感到後悔的人生。當我寫這麼一部作品時，心裡開心極了，寫小說原本就是很開心的事。我從寫好的作品中，挑出比較有自信的幾件參加新人獎。那是在文藝雜誌上刊登廣告的小說徵文比賽，我的其中一件作品入選，獲得獎勵賞。」

他從編輯部寄來的郵件中得知入選一事，之後接獲出版社想出版入選作品的消息時，猶豫著該不該拒絕。

「他們告訴我，希望針對出書一事在東京和我討論。我不知道該和第一次見面的編輯說什麼才好，甚至心想如果得這麼費心，乾脆別出書好了。」

最後他還是決定忍受這種痛苦，去和編輯見面。一切全是為了出書領版稅，他判斷這是不得已的選擇。

「我真的是個很膽小的生物，害怕在別人面前失敗丟臉。為了怕受傷，想造個硬殼躲在裡頭。不過，要想靠自己寫的作品來賺錢，就得讓它成為商品，送到社會大眾面前。為此，我得借助編輯的力量才行。對我來說，編輯的存在就像社會。」

D老師的第一位責任編輯是位敦厚的男性。他聽取D老師的意見，很用心地做出了第一本書。對D老師來說，是很幸運的一件事。

知道「責任編輯扭蛋」這個名稱嗎？扭蛋指的是扭蛋玩具，只要投入硬幣，就會掉落裝有玩具的扭蛋。不能挑選玩具的種類，有時會抽中想要的，有時會落空。換句話說，「責任編輯扭蛋」是一種行話，用來表示作家無法挑選責任編輯，只能祈禱是自己想要的編輯來負責自己的作品。

我知道世上有許多新人作家都是因為敗在「責任編輯扭蛋」下，而就此從文壇消失。因為和責任編輯個性不合而寫不出作品，或是因責任編輯不客氣的言語而抓狂。對新人作家而言，責任編輯是通往出版界的唯一窗口。當這窗口拒絕或是嘲笑自己時，便會產生錯覺，以為自己被整個出版界嫌棄。

為D老師編第一本書的編輯，沒有造成他的心理創傷，從這點就看得出這位編輯很優秀。D老師在「責任編輯扭蛋」中了大獎。要是出現在他面前的是位很粗魯的責任編輯，以居高臨下的態度來編輯他的作品，也許他最後會只出一本書便退出文壇。

「當時的我還不習慣與人交談，要與編輯討論的日子，我什麼事都做不了。嚴重時，還會臥床兩、三天之久。不過，拜此之賜，我的第一本書出版，拿到了版稅。因為印量不多，所以金額很微薄，不過，只要我自己一個人省著點用，倒也還能過活。」

當時還是大學生的他，住在便宜公寓的單人房。除了看書外沒別的嗜好，而且都不和人見面，所以不用花錢治裝。他對吃也不感興趣，有時一天只吃一個甜麵包，但都沒什麼大問題。只要平均一年能出一本書，就算書不會再刷，光靠初版的版稅就能生活。

「我大學的同學穿著全新的西裝四處求職，看起來光鮮亮麗，但我實在沒辦法。像企業說明會或是面試，根本就是異世界發生的事。大學畢業後，他們應該會搬到公司所在的地區吧。我大學畢業後仍繼續住在大學附近的便宜公寓，寫小說維生。就像是只有我拒絕長大成人，住在與世隔絕的孤島上一樣。」

D老師寫小說是為了逃避這個社會，低調過日子。他自閉的傾向也表現在他的作品中，從他的故事中散發出對社會抱持的那種近乎幻想的不安感，虜獲不少讀者。他的小說漸漸在書評中被提到，也開始可以在書店顯眼的書架上看到了。他的作品深深打進那些不擅與這社會打交道的人們心中。

儘管作品一再加印，存款裡匯入大筆稿費，但他還是一樣不買昂貴的物品，過著儉樸的生活。他也沒有搬離便宜公寓，因為他不覺得有這個必要。猛然回神，才發現已經出道七年了。

「我聽說自己的書賣得還不錯，但並沒有真切的感受。不過，已不再像以前那樣為生活費發愁。以前總是被一股壓迫感追著跑，擔心自己早晚會因為貧困而上吊，現在這種感覺已經消失。」

二

這七年來，他與社會的關係也起了變化。當初他只和責任編輯見面，但自從書開始暢銷後，想見他的編輯愈來愈多。出版社邀他參加總編輯也會一同列席的餐會，他無法拒絕，只好參加。由於他一概不參加出版社舉辦的派對，所以沒能認識其他作家朋友，但對於和人見面一事，他漸漸有了耐受性。

最早的那位編輯後來轉到其他出版社，D老師也因而開始在另一家出版社出書。隨著作家的資歷愈來愈長，他漸漸覺得社會也不再那麼可怕。如果是和編輯一對一見面，他已能輕鬆應付。

「不過，寫了好幾部都是同樣風格的作品後，會覺得有點膩，可能是開始僵化了吧。我大學時代被迫面對世人，遭遇的悲慘處境讓我留下內心創傷，於是我將這些傷痛昇華成作品……小說家要是沒有這樣的內心傷痛，大概就寫不出小說吧。不過，我那已成舊傷，化為懷念的記憶。因為這個緣故，原本那隱隱作疼的傷痛已從我的小說中淡化，那壓迫感也消失無蹤。猛然回神才發現，自己小說的劇情變得很制式化。我認為不能再繼續這樣下去。」

他開始覺得，自己得多和社會接觸，必須給自己的精神多一些刺激。

「就在那時候，我收到某位編輯的電子郵件。是U小姐，她與我聯絡，告知我的前一位責任編輯工作異動，所以改由她來擔任。」

他與U小姐所屬的出版社幾乎沒有往來。那家出版社從沒出過他半本書，他也從沒替他們的文藝雜誌寫過短篇小說或隨筆。因此，連U小姐的前任編輯是誰都不記得了。

作家當久了就會知道，責任編輯的更換出奇地頻繁。連一次面也沒見過，責任編輯便因為人事異動或換工作而換人接替，這時有所聞。尤其是像D老師這樣，他的合作對象都是固定的人，就算有其他編輯向他邀稿，他也會馬上拒絕。不久後，對方就不再聯絡，成了只是掛名的責任編輯，實際上幾乎沒有任何往來。

「U小姐寄來的電子郵件是很常見的工作交接通知信，我只簡單地回了一句『今後請多指教』，便就此結束。」

D老師很快便忘了她的事。

D老師住在便宜公寓二樓的邊間。附近有公園和石板地鋪成的小路，他常邊散步邊沉思。三餐幾乎都是靠便利商店打發，雖然也會自己下廚，但他不擅長做菜。

「因為這裡住了很多大學生，所以附近有不少餐飲店，但我很排斥走進陌生的店家，所以很少光顧。我不太會跟店員搭話，因為好幾天都沒出聲說話，所以不太會控制音量。」

他常去的地方是圖書館和書店，也會去商店街的舊書店。

某天，D老師買了一本要拿來當小說資料、拍攝昭和初期東京的黑白照片攝影集。他沒帶公事包，所以一路上捧著書回家。接著他在便利商店買甜麵包，走在石板路上，正準備返家時，後面有人出聲叫喚。

「請問，您該不會是小說家D老師吧？」

眼前站著一名身穿套裝的女性，可能才二十出頭吧。膚色白淨，有張小臉，長得很可愛。D老師懷有戒心，猶豫該不該裝不知道。他心想，我的照片應該沒刊登在任何媒體上才對，為什麼她會知道我？正當他不知該如何回答時，女子主動靠了過來。

「您果然是D老師對吧？沒錯，我是U，前些日子才因為職務交接的事寫過信給您。」

「哦，是妳啊。」

「我聽公司前輩說老師就住這一帶，而寄送郵件給老師的地址也是這一帶。其實我也住這附近，所以常在想，搞不好哪天會在路上和老師不期而遇，對此充滿期待。我聽前輩描述過老師的長相和氣質，所以才會猜想，這位可能就是D老師吧。這才出聲叫您。」

「長相和氣質？」

女子好像是光憑傳聞就鎖定他，出聲叫住他，真教人難以置信。不過，她笑得很燦爛。

「我的直覺很準，我認為一定是老師您沒錯。」

她的雙眼閃動著光輝，就像一位凝望著真命天子的少女。U小姐是位精力充沛、活潑開朗的女性，她的笑容無比耀眼。

「老師，您現在有空嗎？如果您有時間的話，要不要一起喝杯咖啡？請您務必賞光！」

她的聲音很興奮。雖然有點猶豫，但D老師還是接受了她的提議。為了防止自己的小說僵化，必須接受來自外界的刺激，所以她來得正好。

「我明白了，那我們走吧。」

「太好了——！」

商店街有家復古咖啡廳，走進店內後，他們在靠窗座位迎面而坐。D老師從外面看過這家店，但這還是他第一次走進店內。他點了咖啡，U小姐則是點了一杯冰的咖啡歐蕾。在飲料送來前的這段時間，他收下U小姐遞上的名片。名片上印有出版社名稱、編輯部名稱、U小姐的名字、電話號碼等。

「這次由我擔任老師您的責任編輯，今後請多指教。」

U小姐先說明自己的經歷，還談到自己是因為什麼原因加入出版社，被分派到現在這個編輯部。過去看過怎樣的書，怎樣的作家令她感動。

「大學時代，我特別會回頭重看的就是老師您的作品了。那時候我有人際關係的煩惱，所以您的作品深深打動了我的心。當我得知自己要擔任您的責任編輯時，高興得跳了起來，很想跟大學時代的自己說這個好消息。」

她也談到了近來出版界的現狀、編輯部的前輩說的話，以及最近看過的書。U小姐的表情變化多樣，令人百看不厭。

結束了約兩個小時的閒聊後，他們走出店外。她拿著帳單到櫃臺結帳，以公帳付了這筆錢。

他們再次回到石板路上，D老師就此與U小姐道別。

「老師，下次要是在附近再遇見您，請容我向您問候。今天能看到老師，可能是上天聽到我的祈禱了。要是日後能拜讀老師的原稿，那就更開心了。」

她笑臉盈盈地離去。

「U小姐是那種固執己見的類型。在沒看過我照片的情況下，她就相信自己的直覺向我搭話，結果真的被她猜中了。她深信那場邂逅是因為『上天聽到她的祈禱』，不過，真的是這樣嗎？我覺得U小姐是透過觀察，在無意識中找到了答案。」

一個年近三十、平日白天在街上閒晃的男性。

手中還抱著以昭和初期的東京為題材的攝影集。

D老師很常以昭和初期的東京為舞臺撰寫小說，所以如果以前就是他的讀者，便能從中推測出，這本攝影集能當作寫小說的資料。

而且U小姐很可能從編輯部的前輩那裡聽聞D老師如下的資訊。「那個人好像總是吃甜麵包。」

那天，D老師一隻手拎著便利商店的塑膠袋。隔著半透明的塑膠袋，應該能看到裡頭的甜麵包。

「這些資訊給了U小姐提示，她才有辦法鎖定我。不過，她可能是從這樣的結果看出某個命中注定的安排。」

第二次遇見U小姐，是在三天後。

這天，D老師帶著借閱的書到圖書館歸還，接著坐進公園的長椅，在腦中構思小說。這時有人朝他走近，向他叫喚。是U小姐。

「她滿面笑容，說了一句又見面了，坐向我身旁。我們就這樣很自然地聊了起來。孩童們玩著公園裡的遊樂設施，母親們在一旁看顧。」

也許看在周遭的人眼中，他們兩人就像一對情侶。因為U小姐總是對他投以充滿好感的眼神，而且在談話的過程中，她常會伸手碰觸D老師的肩膀和手臂。

「她開懷大笑時，為了避免自己失去平衡，還會勾住我的手臂。所以我在長椅上微微往旁邊挪，與她保持距離。感覺有個短暫的瞬間，她的表情為之一僵，也許是我看錯了……U小姐是一位長得很可愛的女性。她的笑臉和肢體接觸，想必曾造成不少男性的誤會吧。」

那天閒聊過後，U小姐也談到工作的事。

「您有想寫的小說題材嗎？」

「不，沒什麼特別想寫的題材。」

「我倒是有個和作品有關的想法，很希望老師能寫寫看。」

她給的提議，是以昭和初期的女校當舞臺的奇幻小說。內容是女學生們撿到一顆巨大的蛋，她們在教室裡孵那顆蛋，但在孵蛋的過程中，這間女校開始陸續發生不可思議的現象。由於連細節都很講究，仔細詢問後得知，原來這是她高中時代夢想要寫的小說。

「我原本打算日後有天要自己寫，但結果一直都沒付諸實行，就這樣長大了。從那顆蛋中孵化出來的，到底會是什麼呢？是那群女學生的夢想和希望，還是殘酷的未來呢？現在故事仍處在模糊不明的狀態，在我心裡等著誕生。如果老師您能賜予它小說的形體，就再也沒有比這更教人開心的事了。」

不知不覺間，在公園裡遊玩的孩子們都不見了，只有D老師和U小姐坐在長椅上。晚霞染紅了天空，U小姐那熱情的雙眼深植在他腦海。

那天在天黑前，他們就此道別。

第三次遇見U小姐，是深夜十二點。D老師結束當天的寫作，踏著虛浮的步履出外買吃的。當他路過大學旁的行道樹，朝便利商店的燈光走去，這時，U小姐就像從黑暗中滲出般，滿面笑容地現身。

「老師，真是巧遇！我正想見您呢！」

她就像是D老師的女友般朝他跑來。真的是巧遇嗎？D老師感到納悶。他覺得U小姐該不會是一直在那裡等著他路過吧？不過，U小姐也是位社會人士。除了他以外，想必也有其他負責的作家，不可能花好幾個小時的時間在這裡枯等。D老師揮除腦中的懷疑。

「老師，您該不會是要來買飯吃吧？如果是的話，要不要到我家吃晚餐？請務必賞光！我也正準備吃晚餐！」

「妳工作到這麼晚嗎？」

「我們公司超級血汗，不過忙得有價值，因為能和自己尊敬的作家一起工作。來吧，我家就在那邊哦，老師，跟我一起去吧！」

U小姐摟住他手臂，準備拉著他走，胸部緊抵他的手臂。D老師原地停住，將U小姐的手鬆開。

「呃，還是算了吧，我打算沖個澡就要上床睡了。」

「別這麼說嘛，我想和老師聊聊我的小說。不久前我回老家把高中時代寫的記事本帶回來了，想給您看。分量不少呢，寫了我的構想的記事本，大概有十本之多。」

「妳在說哪件事？」

「您忘了嗎？就是老師您和我的小說啊。我當初構思的小說，老師您不是說要幫我寫嗎？」

D老師腦中一片混亂。他應該沒答應說要寫，可是U小姐以誠實的眼神注視著他。她的眼中帶有純真，說明她沒說謊，也許她扭曲了事實，將此事往對自己有利的方向解釋。她心裡認定老師已答應她會寫。

「不好意思，我認為這當中有誤會。我今天累了，我們就各自返家吧。」

「這樣啊……那我明白了。不過，下次我們一起到店裡用餐吧。老師您的聯絡電話，就是電子郵件裡寫的那支電話號碼對吧？我訂好店家後會再打電話給您！一定要來哦！」

U小姐在路燈下，緊緊握住D老師的手。接著離情依依地鬆開手，沿著昏暗的道路離去。

三

以前我曾在責任編輯的邀約下出國旅行。他說，如果我能將旅行的所見所聞寫成隨筆，或是當短篇小說的題材寫出一本書，則旅費可以全額替我報公帳。這樣我能出國旅行，編輯部也能拿到稿子，是一種雙贏的關係。

為了請作者寫稿，責任編輯往往會邀請作家去各種地方。我不光去過飯局和酒局，也曾去看過歌劇和歌舞伎。如果有作家一起同行，編輯他們自己的花費也能報公帳，所以他們可能也覺得是樂事一樁。

曾經有責任編輯帶我去她以前待過的劇團看戲，是下北澤的一家小劇場。

「他們的售票狀況好像不太好，所以老師，您陪我一起去吧。」

她講得這麼坦率，我反而不好意思拒絕。

看完戲後，那位責任編輯向認識的演員問候，聊得很熱絡。之後她以想聽我發表感想為由，邀我一起用餐，我們兩人喝著美酒，不知不覺間我已被迫答應她替他們出版社寫稿。可能看戲不是她真正的目的，之後的用餐和拉攏才是編輯真正的目的吧。這種向作家邀稿的方法，也許在編輯界裡是一路由前輩傳承給後輩吧。

在工作方面，作家與編輯的交際，可分成兩階段。

在第一階段，編輯會帶作家去用餐或旅行，熱中地聊到作家可能會感興趣的主題，激起作家寫作的欲望。如果能獲得作家口頭答應要寫稿，那就成功了。他們為了拉攏作家，對東京有哪些餐館知之甚詳，令人驚嘆。

等到作家開始寫稿後，就展開第二階段。編輯閱讀作家寫的小說，正確地提出修正要點。作家對於自己剛寫出來的原稿，有時會看不出哪裡好、哪裡壞，而擅長修改小說的編輯則會像名醫一樣，指出不好的地方。他們不會點出錯字、漏字這種小問題，看的是小說主軸的偏斜或是哪裡不合適，朝最終的完成形態對原稿進行打磨。在新人作家階段，能遇見這類型的編輯算是相當走運。

除此之外，編輯還有宣傳之類的各種工作。不過，作家沒什麼機會窺見出版社內部的工作，所以我也不清楚。作家當久了，也會因為與編輯意見不合而起衝突，就此不歡而散。我也曾因為自己喜歡的作品被看輕，而與對方保持距離。有幾位編輯每次見面都覺得尷尬，因而很不想去出版社的派對。作家的人生總是與編輯緊緊相隨。

「U小姐開始不分晝夜狂打電話來。我拗不過她的催促而前去和她一起用餐，但她都只談自己的事，那樣根本稱不上是交流。」

D老師是位沉默寡言的人。可能因為這樣，U小姐便展現貼心，積極地說個不停，但這似乎造成了反效果。

「我一直被迫聽她講話，坦白說真的很累。但用完餐後，她對我說『老師真是位善於傾聽的人呢』，還說『和老師在一起，覺得很輕鬆自在，什麼話都想說』。她似乎誤會了，以為只要一起用餐，作家和編輯的情誼就會因此加深。可能是認為在同樣的地方度過同樣的時間，就能加深彼此的關係，對此深信不疑。」

U小姐在用餐時，同樣提到她高中時代構思的小說內容。她心中認定D老師會為這本小說執筆。

「主角們每天晚上都聚在女校的教室裡，孵那顆巨大的蛋。不知從什麼時候開始，校內的牆壁和天花板覆滿植物的藤蔓，化為無比怪異的景象。在蛋裡沉睡的東西，它作的夢正侵蝕著現實世界。」

U小姐說出她的故事設定，眼中閃動光輝。

「故事的最後，傳來蛋殼破裂的聲響，某個東西從裡頭冒出。那是與女學生們的內心重疊的某個東西。」

「也許是主角們即將步入社會的一種暗喻。」

「沒錯，這正是主角們封閉內心的設定。主角想到外頭去的勇氣，與某個東西從蛋裡頭誕生的最後一幕場景，要是能巧妙呼應就好了。如果是老師出手，一定能寫出很棒的作品。」

D老師感到為難，他告訴U小姐，如果有想寫的小說，應該自己寫才對。他不想為這本書執筆，想要說服她，但也不知道她聽了這句話後，腦中是怎麼解釋的，她總是回一句「您現在很忙對吧？等老師您想寫的時候再動筆也沒關係，我可以等。」

日後，D老師走在街上時，U小姐佯裝成偶遇，出現在他面前。之前沒接電話，打開通話紀錄一看，上面整排都是她的名字。也曾明明沒答應要一起用餐，她卻自己訂了餐廳，最後還是一同前往。D老師開始覺得有點可怕，雖說她是責任編輯，但這樣還是太過火了。

對了，您什麼時候要寫我的小說呢？

她傳了電子郵件來。

老師您之前不也說這是很棒的構想嗎？還摸著我的頭說我是天才嗎？如果是由老師您執筆，一定會是一部很出色的作品。構想出自我，文章出自老師，這樣實在太棒了。這是我們兩人合力創造出的小說，就像我和老師所生的孩子一樣。

當然了，摸頭一事並非事實。

D老師為了盡可能避免遇到她，決定減少外出。他吃家裡存放的乾糧過日子。

「某天，有人敲響我家大門，並傳來U小姐的聲音。我渾身發毛，她喊著『老師，我給您送餐來了』。她的突然來訪，只令我感到驚恐。看我沒應聲，她似乎一直站在門外，約三十分鐘一直都沒出聲。待傳來她離開的聲音後，為了謹慎起見，我又等了一會兒，這才確認門外的情況。外頭擺著她親手做的飯菜，是奶油燉菜鍋。我一點都不想吃，直接拿去扔了。」

U小姐容貌可愛，但事情發展至此，似乎光想起她的臉，就感到全身寒毛直豎。

「我開始考慮搬家，覺得應該住進安全性高的大樓。但在那之前，我想先跟編輯部聯絡，請他們換個責任編輯。也許我早該這麼做的，但因為我一直很排斥主動打電話給別人，所以這事才會一直拖延。某天，我終於主動跟編輯部聯絡。我暗自祈禱U小姐別接電話，當編輯部的電話接通後，我報上自己的姓名，要求與總編輯通話。」

D老師說明他遭遇的狀況，請他們撤換責任編輯，但總編輯卻給了個意外的答覆。

「總編輯同樣也腦中一片混亂，因為編輯部裡根本沒有U小姐這位女性，而且也沒有換責任編輯這件事。全是那名女子謊稱自己是編輯，根本就是完全不相干的人。」

接獲D老師的聯絡後，總編輯和真正的責任編輯馬上趕來。總編輯是一位有點發福的中年男子，而責任編輯則是氣質沉穩、戴著眼鏡的女性。在看到長相之前，D老師已完全忘記，不過，幾年前他們兩人確實向他問候過。這次來的，也確實是出版社的人。

D老師住在所謂的學生公寓裡，所以請他們兩人進屋後，頓時顯得空間擁擠。他在電話中已說明了事情的梗概，現在又從頭說明這次的事件始末，並讓他們兩人看U小姐給的名片。

「這是模仿我們編輯部的名片風格做成的，想必是在某處拿到我們的名片作參考，自己設計而成，因為就連紙質、字型、字級大小也全都一樣。這個電子信箱也很講究，用的是與我們出版社的網域名稱很相似的個人網域。」

總編輯一臉感佩。

不清楚U小姐這名字是真名還是假名。D老師形容她的容貌，但他們的記憶中，編輯部過去並沒有類似的人物。在出版社裡出入的兼職人員當中，也沒有類似的人。

「應該是D老師的死忠讀者，假冒編輯想要接近您吧……」

那位戴眼鏡的女性責任編輯如此說道，總編輯和D老師也同意她的說法。

三人一起研擬之後的對策。D老師決定馬上搬到安全性高的住處，責任編輯幫忙他找新居。另外，搬家前這段時間，就先到短期出租公寓避難，費用由編輯部出。由於他們兩人肯聽他商量，D老師感到安心不少。

「他們兩人離開後，我很快便展開了行動。我抱著替換的衣服和寫作用的筆電，離開公寓。他們幫我在出版社附近租了一間房，以備有事發生時，他們可以馬上趕到。當我在商店街附近的大路上攔了一輛計程車坐進去時，眼睛餘光看到U小姐的身影。她一發現我，便笑容滿面，揮著手朝我跑來。我催司機趕快開車，計程車駛離後，我隔著後窗玻璃看到逐漸遠去的U小姐。從那之後，我便沒再回到那個市鎮。」

他搬進短期出租公寓生活，但因為不適應新的環境，寫作一直停滯不前。

「雖然我將U小姐的電話號碼加入黑名單，但她換了新的號碼，用陌生的電話號碼想和我聯絡。明明都已經拒絕得這麼明顯了，她卻一點都不以為意。當我不小心誤接電話時，她仍和以前一樣，以爽朗的聲音向我問候道『老師，最近過得好嗎？小說有進展嗎？』。她的精神構造真教人無法理解。」

總編輯和責任編輯定期會到D老師的住處拜訪。據他們兩人所言，U小姐似乎打算潛入先前他住的公寓。

「找警方商量後，警察開始在學生公寓的周邊巡視。確認住處有無異常時，發現玄關的門把鑰匙孔周邊，有無數道像是想用工具強行插入所留下的傷痕……向附近的住戶詢問後，聽說深夜時，有位年輕女子在門前不知道在做什麼……不過，最後她好像沒能潛入房內。」

一開始都是總編輯和責任編輯兩人一同前來探望D老師，但後來總編輯公事繁忙，不是每次都會同行。

責任編輯則是平均每兩天就會來一次。因為D老師過於提防U小姐，處在無法外出的精神狀態下，她代為查看了好幾家D老師考慮要入住的出租大樓，還親自跑了一趟有列入考慮的房子，拍攝屋內照片，仔細調查大樓到車站的距離和周邊環境。此外，她還到附近的便利商店買食材回來。

「某天，總編輯帶來一臺可以輕鬆架設的防盜監視器，是那種能以Wi-Fi連接，不需要施工的類型。為了謹慎起見，決定先架設在房門前。由於是私自架設，沒知會大樓的保全公司，後來還被叨念了幾句。」

房門旁正好有一處可以偷偷裝設的場所，用D老師的手機畫面便可輕鬆查看監視器拍攝的影像。這是具有錄影功能的產品，也有許多用戶拿它當寵物監視器。

「我很感謝總編輯。託那個監視器的福，阻止了一場殺人案的發生。」

四

「我當時大概被U小姐跟蹤了。」

說這話的人，是D老師原本的責任編輯。一位戴著眼鏡，看起來很知性的女性。

「我想，自從D老師從公寓消失後，她便一直搜尋老師的下落。因此，她應該是猜想只要跟蹤我，總有一天能找到老師的住處。」

某天晚上，她結束一天的工作，離開公司，前往D老師的住處。首先是到便利商店採買大量的甜麵包，這是D老師請她代買的食物。

她在短期出租公寓的正門操作對講機的面板，輸入D老師的房號數字，請他解除自動門的門鎖。這是自動上鎖的大門，未經住戶的確認無法開啟。

「這時，我感覺背後有一道視線，但轉頭看，沒看到任何人……也許那時候U小姐就在不遠的地方，看到我按下房號，因而得知老師的房間位於幾樓幾號房。」

我搭乘電梯，到了老師的房間。老師很感激我帶了食物過去。

「D老師是一位很沉穩的男性。我擔任他的責任編輯已經有好多年，但自從第一次向他問候，之後便幾乎沒任何交流。就算我寄電子郵件向老師邀稿，老師也都沒答應。」

在報告找新居的進度時，她都會與D老師閒聊。

「也不知道該說是說話的步調還是節奏，感覺我們在這方面很相似。在作家當中，有人很喜歡說話，面對這樣的人我會覺得很耗神，但和他在一起時，感覺很平靜，可以談自己的事。雖然他很寡言，但就算是他沉默的時候，一樣可以從他身上感受到話語。聽對方發言、加以思考，從自己心中撈取出話語的這段沉默時間，正是我們的對話形式。」

她問D老師生活上還有沒有其他需要的東西，之後便離開屋子。她在屋裡待了約一個小時左右。

事後警方搜查得知，這段時間U小姐穿過大樓正面的自動門。她假裝自己也住這裡，在玄關的自動門關上前鑽進門內。

「我走出房外正準備搭電梯時，與一名年輕女子擦身而過。是一位像偶像一樣可愛的女子，但感覺有哪裡不太對勁。她明明有張漂亮的臉蛋，但頭髮也不知道該說是凌亂還是毛躁，給人的印象就像有好一陣子沒洗頭了。她從我身旁走過時，一時間和我對上眼，感覺她的眼神變得很晦暗，但我還是直接走進電梯。」

她姑且先來到一樓，但因為感到心神不寧，於是決定折返回D老師住處所在的樓層。

「在那之前，我一直都不知道U小姐的長相。因為實際見過她的人只有D老師，但我有不好的預感。現在回想，仍覺得當時的直覺真不可思議。」

搭電梯來到上面樓層，走進走道一看，剛才那名女子就站在D老師的房門前。她直挺挺地站在房門前，正在跟D老師說話。

老師，您在這裡對吧？

我找您找得好苦啊。

後來稿子有進度嗎？

還沒開始動工嗎？

真是拿您沒辦法。不過，我原諒您。

我知道老師您很忙。

再久我都願意等。

那是我從高中時代就開始醞釀的故事。

要是老師您肯賦予它形體，一定會是很棒的作品。

身為責任編輯，能幫得上老師的忙，是我最開心的事。

咦？

您說什麼？

老師，您是不是誤會了？

我是您的責任編輯，不會有錯的。

怎麼可能……

老師，請您相信我。

我們好好談談吧。

您被騙了。

請開門讓我進去。

為什麼不讓我進去呢？

那個女人進去過屋裡對吧？

我全都知道喔。

D老師對她的出現感到害怕，噁心作嘔。

「她隔著門對我說話。起初房門的門鈴聲響起，我本以為是責任編輯又回來了。但為了謹慎起見，我用貓眼確認，結果看到的是滿臉笑容的U小姐。雖然嘴角露出看似和善的笑容，但眼神不帶半點笑意，就像硬擠出這樣的表情般，令人看了發毛。」

現在絕不能開門。只要不開門，她應該就進不了屋內。D老師這樣告訴自己，前去拿手機，要打電話報警。只要報警，就馬上會有人趕來。D老師離開門邊的那段時間，仍舊可以聽到U小姐在自言自語，聲音就像是整個人要依偎過來般甜美。

當D老師拿起手機時，突然想到設置在門外的防盜監視器。它透過Wi-Fi連結手機，點擊畫面就能錄影。在報警前，他決定先錄下畫面。只要打開APP，按下錄影鈕就行了。

「手機螢幕上播出防盜監視器的影像。總編輯在替我設置監視器時也確認過，雖然光線昏暗，但就連細部也能拍得一清二楚。在斜向的角度下，清楚拍到U小姐的臉。就在開始錄影的時候，監視器上出現一位女性朝U小姐走近，是剛才理應已經離去的責任編輯。」

從電梯折返的她，認定U小姐是可疑人物，而出聲叫住她。

妳在做什麼？

我要叫警察哦？

也不知道U小姐對自己的謊言相信到什麼程度，她對自己假冒身分一事，有任何自覺嗎？還是說，她扭曲了現實，深信自己才是真正的責任編輯？她做出了令人意想不到的舉動。

「畫面裡的U小姐一時間變得模糊。因為監視器性能的緣故，一旦畫面裡的人行動迅速就會這樣。門外傳來大打出手的吵鬧聲，接著傳來女人的慘叫聲。」

出現在防盜監視器畫面中的，是被壓倒在地上的責任編輯。

U小姐跨坐在她身上，伸手勒住她脖子。

要是沒有妳的話……

門外傳來U小姐的聲音。

「要是現在才報警，等他們趕來，一切就太遲了。在那之前，她就會沒命……我不再猶豫，馬上打開房門，光著腳丫衝了出去。」

發出東西破裂的聲響。

責任編輯的眼鏡從她臉上脫落，被U小姐一腳踩下，鏡片碎裂。

D老師來到大樓的走道後，使勁將跨坐在責任編輯身上的U小姐撞飛。因為他從沒和人打過架，所以這還是他第一次對別人做出這樣的舉動。這記衝撞相當成功，責任編輯就此擺脫束縛。她咳個不停，D老師扶著她的肩膀，問她「妳不要緊吧？」。

老師……

倒在地上的U小姐搖搖晃晃地站起身。她望著D老師和責任編輯，那張臉因分不清是憤怒還是嫉妒的激動情緒而扭曲，原本可愛的容貌甚至變得醜陋。

「可能是聽聞騷動，其他房間也都打開房門，住戶們開始察看走廊的情況。她發現苗頭不對，逃離了現場。可以看見走進電梯的她在電梯門關上之前，一直以帶著憎恨的黑暗眼神瞪視著我們。」

事後，D老師將責任編輯帶進屋內照料。找來警察完成問訊，已是兩個小時後的事。

為什麼U小姐要勒她的脖子呢？以為只要殺了她，自己就能真正成為責任編輯嗎？要是沒有妳的話……U小姐這句話或許帶有這樣的含義。

D老師搬進一棟安全性高的大樓。大門入口得刷卡才能解鎖進入，大樓內架設了許多監視器，二十四小時都有警衛駐守。自從搬進去後，U小姐便沒再現身。

不過D老師住了一年後，便搬離了那棟大樓。因為他結婚後，單身用的房間格局顯得太過狹小。他的結婚對象是那位遭U小姐勒脖的責任編輯，她率直的個性，似乎令D老師留下好印象。

兩人開始在房間數多的家庭式大樓裡生活。基本上是在各自的房間裡起居、工作，偶爾才在客廳碰面。兩人之間保有尊重彼此隱私的距離。

她希望婚後還是能繼續當編輯。為了她著想，D老師也繼續寫作。她擔任責任編輯後經手的第一本書，眾多書評家讚不絕口。

結婚成家對D老師而言，就如同是表明他要面對社會的決心。與別人在同一個地方生活，對他的創作帶來了很好的刺激。他挑戰新的寫作風格，讀者也都給予正面肯定。

想必大家都認為這就是圓滿的結局吧。

但U小姐現在人在哪裡，在做些什麼呢？

她究竟是誰，有何目的？

她的目的是要請自己尊敬的作家為她構思的小說執筆，將那份原稿當作自己一輩子珍惜的寶物嗎？還是說，她想實際出版，讓小說能擺在書店內販售？

「我決定不再想起U小姐的事。我現在很幸福，這樣就夠了。」

D老師以此為我的採訪作了總結。

為了追問這整起事件的詳細始末，我還有和D老師見面，那離現在也已過了一段時間。不擅與人往來的他，之所以會接受我的採訪，全都多虧了一位我們都認識的編輯。後來U小姐似乎都沒現身，但我從她身上發現一件事。最後，我決定稍微提到她的事。

我從D老師那裡聽聞這件事情時，請他讓我看短期出租公寓房門前設置的防盜監視器錄影紀錄。因為只有那個影片檔才能確認U小姐的長相。

站在房門前的U小姐確實長得很可愛。雖說她離去時，因憤怒而表情扭曲，但錄影紀錄中她還是很可愛。我請D老師讓我複製這個影片檔，所以我能隨時用自己的電腦觀看。最近，當我在自己家中播放那支影片時，覺得U小姐的長相令人在意，好像在哪兒見過。

但究竟是在哪兒呢？

我在整理過去的電子郵件時，突然恍然大悟。以前我在責任編輯的邀約下，一同去了下北澤的一間小劇場，去看那位責任編輯以前所屬的劇團演出的舞臺劇。

當時與那位責任編輯往來的郵件中，附上了戲劇傳單的PDF檔，上頭刊登了登場演員的小張大頭照。她就在上頭，是U小姐，她似乎也有出演當時那齣戲。由於是令人印象深刻的角色，所以我還隱約記得。在下北澤的小劇場，我曾看過她。

那場戲演完後，我的責任編輯向她搭話，兩人親暱地交談。是當時在小劇場裡演戲的少女，日後成了跟蹤狂，出現在D老師面前嗎？

不，恐怕不是這麼回事。邀我去小劇場看戲的責任編輯，與日後和D老師結婚的那位戴眼鏡的女性編輯，其實是同一人。

如果我沒記錯的話，身為責任編輯的她與U小姐從以前就認識，但她卻說「在那之前，我都不知道U小姐的長相」。

我想出了幾個假設。

U小姐之所以能偽造編輯部的名片，也是因為擔任責任編輯的她給了U小姐真正的名片吧？

U小姐一開始叫住D老師時，說她是憑直覺認出老師，但其實應該是身為責任編輯的她，事前讓U小姐看過老師本人的照片吧。

在這場事件中，收穫最大的人是誰？

不是U小姐。

最後拿到D老師原稿的人是誰？

不，我不願意相信，因為這也可能只是我自己想多了。難道是身為責任編輯的她，準備了這一切的劇本，讓她當演員的朋友扮演跟蹤狂……不，我不願意這麼想。可是，如果是這樣的話，我也有責任。

「要是編輯與作家之間建立出信賴關係，就會想要工作。應該得先從建立信賴關係開始做起吧。」

以前給了她這個提議的人是我。她應該是用自己的方式想出這個計畫，並付諸行動吧。為了獲得D老師的信賴而演出這場鬧劇，結果出奇地成功，她甚至得到了終生伴侶。當然了，不知道真相究竟為何。不過，還是別告訴D老師比較好吧。

精神感応小說家

心電感應小說家

一

「我在越南南部一個貧窮的村莊出生長大，父母經營一間小農園，但收入少，我的弟弟們總是餓肚子。」

N是一位長相質樸的青年，說著一口流暢的日語。他在十八歲那年，以技能實習生的身分來到日本。

「某天，一群穿著西裝的大人來到我們的村莊，後來也依序到附近的村莊察看，找尋可以去日本工作的年輕人。日本是個富裕的國家，所以能用高薪雇用我們。聽說會在工廠邊工作邊學習技術與知識，回國後，就能發揮這項經驗，從事待遇高的工作。就算繼續待在村裡，也無法擺脫貧困，我與家人商量後，決定前往日本。」

N先在技能實習生的外派機構登錄，接受簡單的日語訓練，學習日本的文化和習慣。

「因為出國需要支付不少錢，父母替我向人借錢。當時他們心想，一旦我開始在日本工作，應該就能馬上還清這筆債務。」

一個月後，N懷抱夢想來到日本。同班機裡有許多同是技能實習生的同伴。抵達日本後，他們馬上便被分配到各地區的工廠。他一開始工作的地點是一間金屬零件的加工廠，宿舍裡住了許多像N這樣的外國人，他們五個人住一間狹小的和室房。

「那房間就像監獄一樣。我原本滿懷期待的夢想，急速萎縮了。」

N面露苦笑。情況似乎與他在越南所聽到的有很大的落差。報酬少得可憐，無法匯錢回去給家人，連搭機欠下的債務也還不了。不管再怎麼工作，都存不了錢。

「我待了一年，便辭去那裡的工作。我受不了主任的虐待，決定和同房間裡的夥伴一起逃離那裡。透過外國朋友的管道，聽說有待遇更好的工作環境，我們決定去投靠那裡。」

因受不了惡劣的工作環境而下落不明的外國技能實習生相當多，每年有數千人在日本國內失蹤。

「但我們卻去了一處更糟糕的地方。他們在外面放假消息，說是工作輕鬆、薪水高、對外國人友善的工作環境……藉此聚集了一群無處可去的人。不光只有一個地方出現這樣的外國人村莊，為了不讓我們逃走，他們扣押了我們的護照。等著我們的是苛刻的肉體勞動，他們強迫我們將裝滿疑似非法廢棄物的大鐵桶埋進深山的土地裡。」

某個冬天的日子，N感冒發燒，但他們不准他休息，他只好步履蹣跚地搬運沉重的鐵桶。

「我突然昏厥，倒在地上。儘管全身發冷，但腦袋深處卻燙得像岩漿一樣。我已不記得當時的情況，但聽說我跌倒時，我搬運的鐵桶倒向我身上，我全身沾滿了廢水。同伴們跑向我，用水替我沖洗，但我已全身痙攣，直翻白眼。」

N被搬進屋裡，就這樣被擱置不管。因為害怕隨意棄置廢棄物和非法雇用外籍勞工的事會穿幫，管理這個村子的人們沒帶他去醫院就醫。

「我當時要是就那麼死了，應該會被偷偷找個地方掩埋吧。我呻吟了三天後，終於恢復了活力，但從那天開始，我獲得了不可思議的能力……」

N閉上眼，以單手的指尖抵向側腦。

「可能是在高燒的影響下，腦中的迴路有某個地方出了狀況。或者是我跌倒時，潑灑在我身上的廢水改造了我的身體……」

×××

告訴我N聯絡方式的人是編輯A先生，一位年近四旬的男性。

「我是在新宿的歌舞伎町認識N的。那個時候，我因為J老師遭遇交通意外的事，每天晚上都得喝酒解悶。這時，有位老同學和我聯絡，邀我和他一起喝酒。我們去的第一家店以用餐為主，第二家店則是一家沒什麼人氣的酒吧。一名外國男子動作生硬地替我們端酒來，他就是N。」

他是在什麼緣由下，開始在歌舞伎町工作的呢？

「他放棄被扣押的護照，逃離那宛如地獄般的職場。應該是心想要是繼續待下去，肯定會沒命。他在山中徘徊許久，最後終於來到山下的市鎮，遇見一個越南人組成的團體，他們介紹他到酒吧裡工作。」

A先生與他的朋友在那家酒吧裡喝了好幾杯雞尾酒。

「過了一會兒，我朋友去上廁所。當現場只剩我一人時，N主動跟我攀談。當時的他還只會說些簡單的日語。」

這名陌生的外國青年，很努力地告訴A先生。

「那個人，壞人。你被騙。要小心。相信我。你被騙。」

A先生大感困惑。朋友上完廁所回來後，那名外國店員馬上離開他身邊，消失在店裡。

「我當時心想，我可能是酒喝多了，看到幻覺。但是他一臉認真，所以我也很在意這件事。後來我和朋友離開酒吧，前往第三家店續攤。這時，朋友建議我投資，他說有個穩賺不賠的事業，要不要趁現在加入。」

A先生想起在酒吧工作的那名外國青年說的話，最後拒絕了這項提議。

幾週後，他聽聞那位朋友被捕的消息。他好像四處跟朋友說有個賺錢的好機會，非法吸金，這是很常見的投資詐騙。

「我大感驚訝，同時很憤怒自己遭到背叛。不過冷靜下來後，我開始感到好奇，為什麼那名外國青年會知道我那位朋友別有所圖呢？所以我決定去見他一面，順便為上次的事道謝。」

A先生再次造訪那家生意冷清的酒吧。他與那名像店長的人知會一聲後，要求與青年說幾句話。

外國青年在店內的角落說他叫N，我也是在那時候得知他是越南人。為什麼他知道我那位朋友想騙我呢？

N的回答令人難以置信。

「我能解讀，腦袋的想法。手一碰，就能聽到，心裡的聲音。我端酒，碰到手指。知道他，想騙你。」

這是心電感應，或稱精神感應。從一八八〇年代起，許多機構都開始研究這種現象。最近的報告推測出，這與量子糾纏的現象有關。N說他可以知道自己手碰觸到的人腦中的想法，換作是平時，我應該會一笑置之，不當一回事。

「起初我很懷疑，所以我試著現場讓他解讀我的想法。因為這樣應該就能知道他是否真有這樣的能力。」

首先，我決定請他猜我的職業。

N神情緊張地碰觸A先生的手。

「你會做書。字好多的書。小……小……那個字我不會。」

「小說嗎？」

「對。就是那個。小說。你做的是，小說的，工作。另外，我還看到，躺在床上，睡覺的，老爺爺。一邊，沒有眼睛的，老爺爺。」

A先生內心為之動搖。N這是貨真價實的能力。

他覺得可怕，就此甩開N的手。

「對不起。」

N一臉歉疚。

「不，我只是很驚訝。不過話說回來，真是太厲害了……」

這時他腦中靈光一閃。N那神奇的力量，或許能解救此時身陷困境的他。

「我想拜託你一件事，只有你能辦到的事。拜託你，我會給你很高的報酬。」

「工作？」

然而，N卻猛搖頭。

「我不能，工作。我做了，你被逮捕。」

N算是非法居留。他逃走時護照已被人拿走，工作簽證也沒更新。酒吧老闆知道他的情況，所以才雇用他。

A先生雖然為此大傷腦筋，但他並未就此知難而退。他保證會提供N吃住，並以不犯法的方式提供他金錢援助。

「可是，我，做什麼？」

A先生向一臉困惑的他說明。

他要N寫小說。

×××

幾年前在採訪時，我與N也有過一面之緣。當時我去探望J老師，A先生在病房裡向我介紹一位越南青年，他就是N。他的膚色比日本人稍黑，小小的臉蛋，是一位長相和善的男子。

「關於J老師的事，他幫了我很多忙。」

當時A先生這樣說明道。我聽了，以為他的意思是他雇用N當外籍看護。

N以流利的日語向我問候。

「我是N，請多指教。我去買點喝的回來吧，您想喝什麼？咖啡可以嗎？」

他從我身旁走過，離開病房。與我擦身而過時，我們的手背有了接觸。

至於J老師則是從頭到尾不發一語，一概沒任何反應。病床的床頭升起，J老師的面容出現在我面前。他的臉骨塌陷，整張臉扭曲變形，斜斜纏著的繃帶遮住了他的右眼。

J老師是位年事已高的小說家，身形清瘦，在遭遇事故前，他的長相很像雞。他以純文學推理的寫作風格，搭配流暢的文筆，是一位能唯美地描寫日本人精神的作家。代表作《島國》榮獲國內外各種文學大獎，聲名遠播，已達文豪的境界。

我與J老師並無私交，就只是在派對上遇見，會向前問候幾句。這次到病房來探望，純粹是因為A先生找我來，順便討論一下工作。他說「既然都來了，就順便看一下J老師吧」。

看到J老師現在的模樣，我很是震撼。車禍事故時引發的腦出血造成他全身癱瘓，他似乎再也無法行走，手指無法動彈，也沒辦法說話，就連表情變化也做不到，始終都是一號表情。除了必須躺在床上之外，他就像假人一樣。

不過，他的耳朵聽得到，似乎也還有意識。因為向他叫喚時，他的腦波會出現變化。身體雖然無法動彈，但大腦還是和以前一樣可以思考，是一種人稱「閉鎖症候群」的特殊狀態。雖然有意識，但欠缺表達意思的方法，那模樣就像靈魂被封閉鎖住在肉體中。

一般來說，就算是閉鎖症候群，似乎還是能讓眼球上下移動和眨眼，但J老師連這都辦不到。因為車禍時受到嚴重撞擊，他的臉部骨骼塌陷，失去了右眼眼球。左邊眼球雖然平安無事，但傷及肌肉和神經，無法自由行動。

大腦完全與外界隔絕，無法與任何人溝通，J老師就這樣躺在床上。應該是不可能再寫作了，每個人都這麼想，對世上又少了一位偉大的小說家感到難過。

但在病房裡與我見面的責任編輯A先生卻顯得出奇地開朗，當真奇怪。然而現在我知道原因了，他找到了方法，能與困在身體裡的J老師展開腦對腦的交流，從中得到原稿。

二

我向N詢問他第一次見到J老師那天的事。

「我記得那是一家很氣派的醫院，門口站著警衛，很可怕。因為我沒有護照，而且又從技能實習的工廠逃走，已不具備居留資格。我很擔心會被逮捕，嚇得直發抖。」

在A先生的帶領下，我們搭電梯來到高樓層。J老師病房所在的位置，能將東京的高樓大廈全部盡收眼底。

「病床上躺著一位令人不忍卒睹的老人，那就是J老師。因為車禍而臉部變形，模樣很怪異。」

我雖然已聽聞J老師目前的狀況，但實際目睹後，還是忍不住蹙眉。

A先生對那位老先生說道：

「老師，您醒著嗎？我帶來一個人，有可能幫得上忙。他是越南人，名叫N。他有不可思議的能力，可以知道老師您腦中在想什麼。」

老先生沒回答，完全沒反應。眼前的景象，看起來就像是對著一個呈現人形的大石頭，單方面一直說個不停。N懷疑眼前這位老先生現在腦中真的還在思考嗎？

只要使用心電感應就會明白。N馬上將椅子擺向病床邊並坐下，手抵向J老師的手臂。宛如枯枝般的手臂滿是皺紋、血管浮凸，N的手碰觸他的皮膚。

「在那瞬間，各種畫面和語言的羅列全匯流進我的腦中。恐懼、不安、困惑、憤怒……那是各種情感的奔流，就像怒海形成湍急的漩渦，我被拋進裡頭……J老師的叫喊聲響亮地傳來，一時還以為是我的腦袋裂開了。我嚇了一大跳，停止接觸他的皮膚，回到安靜的病房。眼前只有那宛如人偶般的J老師。」

N被帶到病房來，是車禍發生兩個多月後的事。這段時間，J老師的靈魂所產生的情感和話語都無處宣洩，只能積蓄在肉體的牢籠裡，幾欲爆炸。那肯定是無法想像的孤獨。

N試著先從讓他平靜下來開始。

「沒事的，請不用害怕。你的想法，我知道。你冷靜一下。」

N一邊說，一邊碰觸他的手臂。情感的奔流迸散開來，他差點被吞沒，急忙就此鬆開手。

「他發出的叫喊不是實際的聲音，而是只有在我碰觸他時，才會傳進我腦中。不甘心、憎恨，所有激烈的情感全部往外釋放。當中有幾個我聽得懂的字彙，窗簾、光、不舒服……當時的我明白了他的部分意圖。」

N站起身，關上窗簾。照進房內的陽光太刺眼，J老師感到不舒服。他作出了這樣的推測。

「窗簾，這樣行嗎？你想說的，我有點懂。你的話，我聽得到。」

N再次碰觸他的手臂。他想必已經明白，自己的意圖已成功傳達給對方知道。原本狂亂的情感漩渦稍微平靜下來，能感覺到他驚訝、疑惑、安心的內心動向。

「同時有許多個模糊的畫面傳進我腦中，它們像液體一樣連在一起，形成像大海般的狀態，然後像潛水艇從中浮出水面般，話語就此誕生現形。也許語言始終都是符號，不是什麼實質的事物，但我們人也許是一邊撿拾這些符號，一邊進行想法的溝通。」

從J老師的精神之海浮出的話語，慢慢進入N的腦中。

外國人？你是什麼人？

「沒錯。我是外國人。從越南來的。」

你理解我的意思?!

「沒錯，我能理解。理解你心裡想的。」

你聽得到？你明白?!

「我聽得到。我明白。」

太好了！我的聲音成功傳達了！

J老師發出愉悅的叫喊，但這聲音只有N聽得到。

「我們就像在調廣播頻道一樣，在雜音交混的環境中，探尋出一個傳來清晰話語的點。一旦對上，就沒問題了。我和J老師之間，已接通一條肉眼看不見的電話線，能展開對話。不過，我的能力只能專門接聽，答覆時必須開口說，好在J老師的耳朵一切正常。」

第一天都用來加深彼此的情誼。宛如人偶般只能躺在床上的小說家，藉助N的力量，再次對社會傳達他的話語。

「雖說我這是心電感應，但並不是一瞬間就能解讀對方腦中的一切。就像要瞬間理解有著大量文字的書的內容，也是很困難的一件事吧？同樣的道理。當時J老師的想法傳來，引發了停滯，只要他以艱澀的字彙思考，我就會卡住。如果是像附插畫的書一樣，能一起讀取影像時，就能推測出字彙的意思。但是當我理解得比較慢，他就會發火，很不高興。我當時只覺得他這個人可真難搞。」

J老師神經質又易怒，說話像機關槍一樣快，是很愛抱怨社會的那種老人。

「當我們可以溝通後，他透過我向A先生傳達了許多不滿。例如護理師照顧他的動作太粗魯，早上和傍晚要打開收音機，轉到新聞頻道，瑣細地要求改善住院生活。A先生完全配合他的任性要求。A先生流著淚，一臉開心地將J老師說的話全記在筆記本裡。」

×××

A先生說：

「J老師原本反對引進外籍勞工，他認為日本應該鎖國，曾在雜誌上寫下過度偏激的隨筆而引發強烈抨擊，此事我記憶猶新。當然了，J老師自己也知道。因為少子高齡化，人力不足的情況日益嚴重，非得引進外籍勞工不可，他卻寫下那麼偏激的言論。我很喜歡J老師的小說，也很尊敬他，但他確實是個個性有缺點的人。」

J老師經歷過戰後那段時期的日本。讀他的自傳式隨筆可以看出，他似乎因為受祖父和父親的影響，強烈的愛國心在他心中萌芽。他的成長過程中，見日本為外國文化傾倒，心中有無限感嘆。

「J老師總是說，美國不斷對日本展開文化侵略。要是再繼續接納外國人，日本這個國家將日漸淡化，最後什麼也不會留下。正因為J老師有這種想法，他的小說才總是能描寫出如此唯美的日本。危機感和憤怒成了他寫作的動機。」

如果他過著普通人的日子，也許終其一生就只會是個很難搞的人，但這個世界往往是擁有偏頗思想的人才寫得出出色的作品。他陸續發表傑作。

不過，從J老師的作品中可以窺見他對外國人的敵視態度。如果不是處在閉鎖症候群這種特殊的情況下，他應該不太可能接受N吧。

「我要不是擔任小說編輯，也不會想安排N和J老師見面。他那是如假包換的心電感應，應該要由國家的研究機構展開調查。不過，當時我腦中只想到要繼續看J老師小說的後續。」

J老師遭遇車禍時，有一部寫到一半的小說。那是原本該交給A先生的原稿，且似乎已先讓他看過開頭的部分。

在介紹N的那天，他向J老師提議。

「可以請您繼續寫小說的後續部分嗎？只要有他的能力，應該寫得出來。讓他讀取J老師腦中的想法，輸入電腦中。因為要是就這樣引退，不是太可惜了嗎？」

如果我站在J老師的立場，或許會怒罵一句「開什麼玩笑啊」，但這是因為我這個人生性懶惰。

J老師心中仍存有對創作的熱情之火。在小說寫一半的狀態下身體變得無法行動，他的不甘心近乎憤怒。這位老先生接受了A先生的提議。

「這個人說，我當然願意。」

N碰觸手臂，傳達J老師的意思。

「那真是我最開心的一天了。因為原本已經死心的新作後續，這下或許又看得到了。我和N離開病房後到餐廳用餐，我告訴他喜歡吃什麼，儘管吃沒關係，他對此非常感謝。他似乎為了省錢，已有好幾天沒吃飯。他噙著淚水，大口吃著料理。」

他們當場便決定N可以領取的報酬金額。這筆錢是A先生自掏腰包，公司不可能雇用他這位非法外勞。

用完餐走出店外後，他替N安排住處。當時N似乎是借住在越南人同伴所住的公寓裡，後來他離開那裡，改搬到醫院附近的一棟短期出租公寓。A先生買了臺筆電給他，幫他作好上網的設定，並教他打文章用的軟體使用方法。

從那之後，N便都固定到病房報到，兩人合力展開這項寫作工作。

「當然了，一開始很不順利……」

A先生露出遙望遠方的眼神。

「這也是理所當然吧？因為我之前都沒碰過電腦。我在A先生替我準備的房間裡，學習如何開啟電源，以及怎麼打開軟體。在習慣之前，我請他替我將語言設定設成越南語。連上網後，瀏覽器上成功顯示出越南語的網站，當時我感受到一股滿滿的懷念之情。」

A先生打開地圖服務的頁面，要N在上面輸入老家的地址。N動作生硬地輸入每個字，螢幕畫面上便顯示出衛星照片。雖然沒多清楚，但放大後，N認出那是他越南老家的屋頂。

「我的故鄉出現在電腦的螢幕畫面上，那是很奇妙的體驗。我手摸畫面，叫喚著父母和兄弟姊妹的名字，差點哭了出來。」

×××

A先生回家後，短期出租公寓的房間裡只剩下N一人。那天，他整晚都在使用A先生提供給他的電腦。如果有不知道的知識，他甚至已懂得上網搜尋找答案。

「我必須習慣日語輸入法，不過學會後，其實很簡單。越南也使用漢字，現在的越南語是昔日還是法屬殖民地時普及的語言，不過更早之前曾受中國統治，所以同屬漢字文化圈。因為這樣的影響，現在生活中仍保有漢字。」

只要利用網路，就能使用翻譯服務，馬上將日語翻成越南語，或是越南語翻成日語。他使用這個剛得到的工具，不斷地吸收知識，怎麼樣都不滿足。幾天過後，他已能盲打。

「不過，寫小說一事，有點不太順利。一開始是在A先生的陪同下固定到病房去，坐在病床邊碰觸J老師的手臂，先和他閒聊，接著才投入工作。我知道自己該做什麼，我請他在腦中想像小說後續的情節，然後我加以讀取，將文字輸入電腦中，就只是這樣。不過，這相當困難。」

會有什麼問題呢？

N回想著當時的情況，神情凝重。

「因為我不熟悉小說的題材。J老師腦中浮現的話語，感覺就像莫名其妙的咒語，我看得一頭霧水。因為他作品的設定是江戶時代的日本，而且是以吉原遊廓[9]為舞臺，很誇張對吧？」

小說《遊廓人偶》。

這就是寫作暫停的那部小說的書名。描寫華麗的花魁[10]世界，堪稱是一部抒情劇。

但N是一位連江戶遊廓是什麼都不知道的越南人，這重擔他難以負荷。

「A先生期待我能充當J老師的手，將小說打成文字。但我不懂他腦中浮現的畫面和話語是什麼意思，無法順利地打成文章。每次一有不懂的單字出現，我就會反問這是什麼意思，所以J老師也漸漸開始感到不耐煩，而對我說『你怎麼連這個都不懂啊！』……」

此外，共同寫作之所以進行得不順利，還不光只有文化隔閡的原因。儘管J老師腦中浮現小說後續的文章，但那些文章無法化為清楚明瞭的文句來讓N讀取，往往都是在模糊不明的狀態下流進N腦中。

「如果小說的文章可以一個字一個字依序讀取的話，那可就簡單多了。但真要比喻的話，這就像是烘烤前的生麵糰一樣，是以類似這樣的形態傳進我腦中。那是許多個關鍵字和畫面混雜在一起的狀態，所以我得一面推測完成形態的文章，一面打字。」

這因此特別需要背景知識。他得將J老師腦中浮現的故事片段資訊，夾雜個人的推測來打成文章。

「我輸入幾行文字後，請他確認打好的部分，判斷這樣可不可以。起初我將筆

9. 遊廓意思同花街柳巷，吉原遊廓則是江戶幕府認可的公娼寮。
10. 在江戶時代的吉原遊廓裡，地位最高級藝伎的稱呼。

電螢幕拿到他面前，想請他自己看。但他只剩一顆眼球，無法憑意志動作，似乎是會微微痙攣，難以對焦。」

N決定念出他輸入的文章，以此進行確認。結果透過他碰觸的手常常傳來老師的怒吼聲，「不是這樣！」、「這什麼爛文章！」、「小孩寫的作文都比你好！」、「滾回你的國家去！」。

「我開始有點受不了。當時我的日語還不太好，可是卻要求我要寫出像小說的一流文章，這根本就是強人所難。我不止一、兩次因為受不了J老師的痛罵而逃離病房。」

N當時為了歇口氣而在醫院裡四處走動，但警衛的眼神很可怕，令他靜不下心來，感覺來往的人們似乎也都在看他。他們常會轉過頭來看他，心想為什麼這種地方會有外國人。

「如今回想，那或許是我自己自我意識過剩……」

回到病房後，J老師也自我反省，變得安分許多。想必他也感到不安吧，因為要是少了N，他將就此失去所有與外界溝通的方法。

A先生很重視寫作卡關的狀況，竭盡所能提供援助。他先是讓N學習作為這次小說題材的遊廓和花魁的相關知識。他找來攝影集和畫冊，和N一起到吉原遊廓現今所在處的日本橋人形町散步，拍攝資料照片。他將小說描寫所需的各種知識以及許多用語，拚命往N的腦中灌輸。N因此熟悉江戶時代人們的生活，也明白是經歷過怎樣的歷史，才形成了日本這個國家。起初只是為了賺錢才用功學習，但不知不覺間，他純粹是因為感興趣而學習。

「說到花魁的世界，這對從小在越南農村長大的我來說，感覺無比遙遠。但在閱讀資料的過程中，我找到能產生共鳴的地方。聽說在遊廓工作的遊女，有一部分是由人稱『女衒』的人們帶過來的。女衒會向生活窮困的農村人家收購年輕女孩，帶到熱鬧都市，介紹她們工作，從中賺取仲介費。你不覺得和我們很像嗎？」

遊女們無法離開遊廓自由地生活。她們被賣給了當初出賣身銀的人，要離開遊廓就得歸還這筆贖金。如果不付錢想逃離，便會遭受嚴厲的懲罰，以儆效尤。

像極了還不出搭機費而欠下債務，又被拿走護照，被迫工作的自己。他以和自己的遭遇重疊的這部分當線索，就此理解了J老師想描寫的世界觀。

「我請A先生將J老師過去的著作帶過來，展開文體的仿寫。以我自己的方式研究J老師喜歡的表達方式，以及標點符號的用法。」

小說《遊廓人偶》的寫作即從那時候開始一點一滴地進行。N因為不懂用詞而暫停的次數減少了，病房裡響起俐落的打字聲，再也看不到因為被痛罵而抗拒，就此走出病房的那位越南青年。

J老師的靈魂創造出的小說後續情節，借用N的說法，那狀態就像是烘烤前的生麵糰。他適度地加以烘烤，讓它化為小說家工整的文章，就此定形。

一開始常被命令改寫，但隨著N努力學習J老師的行文習慣，後來不必修改也能寫出優美的文章。

「在達到那個程度之前花了很長的時間，大概有三、四個月吧。可能是因為幫忙J老師寫作的緣故，我的日語也有了飛躍性的成長。整天和操控文字的專業作家一起寫文章、推敲用字，才能有這種成果。J老師傳授我許多知識，當中我特別感興趣的是花魁世界裡所用的廓詞。」

在小說《遊廓人偶》中登場的遊女們，第一人稱都使用「あちき」、「わちき」、「わっち」[11]，語尾則是加上「ありんす」[12]，這些就是江戶吉原遊廓所用的廓詞。似乎是為了隱藏從鄉下被賣到這裡的少女們原本的地方口音，刻意表現出遊女優雅美豔的風情。

「起初我覺得很麻煩，因為在寫臺詞時，得使用連日語教科書上也沒有的用語來寫。像『ござりんせん』、『しておくんなまし』、『ようざんす』[13]，我來日本工作這麼多年，從沒聽人這樣用過。真有這樣的用語嗎？我一邊向J老師確認，一

邊打字。但習慣後，感覺聽起來很舒服。這些用詞聽起來風情萬種，就像唱歌一樣。當我表達這樣的感想時，J老師似乎很滿意。雖然他看起來像是個表情肌僵硬的人偶老爺爺，但我感受到他愉悅的內心波動。」

N不知不覺間習慣了廓詞，能將生活在吉原遊廓裡的花魁們的日常對話，流暢地打成文字。

「你不覺得廓詞聽起來柔美，同時也帶有一種悲涼嗎？這些被人從鄉下買來的遊女們，不得不捨棄和父母一同度過孩童時代所使用的故鄉方言，使用廓詞來工作。只要想像這些女性的決心和生活的樣貌，我就深受感動。」

N也愈來愈常向J老師提問。當時的遊女們都過著怎樣的生活呢？吃怎樣的食物？過怎樣的人生？日本有多少遊廓？現在這些地區成了怎樣的場所？

「J老師是位愛生氣的人，儘管處在這樣的狀態，腦中還是不斷冒出咒罵，是位很難搞的老先生。但每次我提問，他總會很愉悅地告訴我，也許只是想展露他的才

11. 這三種第一人稱皆為廓詞，不同花魁店的花魁會使用不同的廓詞。
12. 意思類似日文的「です」，是日文中表示肯定的斷定助動詞。
13. 意思分別類似日文中表示否定的「ござりんせん」、表示請求的「してください」、表示同意的「結構です」。

學吧。如今回想起來，我真的是在最棒的環境下學習。感覺J老師和我不知不覺間變得像有共同嗜好的朋友，對彼此有了一份親近感。」

N幫忙寫作已將近半年。遊女們愛恨糾葛的世界，透過這名越南青年之手寫下，小說《遊廓人偶》的文章資料順利地增加累積。

「寫作一直持續到晚上。會客時間規定只到晚上八點，結束一天的寫作工作，做好離去的準備後，我就非得離開病房不可。某天，我一如平時，蓋上筆電，與老師道別。」

等一下。

N碰觸J老師的手臂，傳來他心裡的話。

我們聊聊天吧。

「他詢問我，寫完這部小說並拿到報酬後，打算怎麼做？要留在日本生活嗎？也許J老師想繼續請我幫他的忙。要是少了我，他應該會有諸多不便，而且又會退回原本與社會隔絕的狀態。但我很坦白地告訴他，如果能拿到錢，我打算回故鄉越南去。」

N是非法居留者，等拿到足夠的錢，就應該歸還當初買機票的債務，回到家人身邊，而且他對日本沒什麼好印象。

「J老師似乎覺得很遺憾，但他能諒解我。不過，他請我在離開日本前，幫他做一件事。」

N沉默了片刻。

「J老師比任何人都知道我確實有異於常人的能力。這不是魔術，而是貨真價實的心電感應，能解讀他人腦中的想法。他拜託我用這個能力，找出害他變成這副模樣的犯人……」

三

幾年前，在派對上發生過這麼一件事。那天J老師一樣板起臉孔喝著黑咖啡，大吐對文學界的不滿。他不喝酒，在派對這種場合總是喝熱咖啡。編輯也都知道他的習慣，會事先備好一壺他專用的咖啡擺在桌上。

派對結束時，J老師在編輯的恭送下離開會場。對許多人來說，那就是最後一次目睹他靠自己的雙腳行走。

我和其他作家好友則是和交情好的編輯們一起到其他地方續攤。雖然我們會邊喝酒邊聊小說，不過，最後通常都是大家聚在一起互吐苦水。陷入瓶頸寫不出東西、書賣不出去、網路評價不好，也許就此封筆，改做其他工作還比較好。不過都這把年紀了，還要找其他工作，行不通，看來只有一死了。包含我在內，這些位於文壇底層的作家們聚在一起，大多是這種感覺。

過了約一個小時，編輯們的手機不約而同響起。他們接起電話後，臉色發白，匆匆走出店外。留下來的作家們個個大感納悶，不知發生什麼事。有一位編輯從門外返回，向店內的作家們報告。

「聽說Ｊ老師遇上車禍了……！」

隔天，全國的新聞都在播放車禍現場高速道路入口處的空拍影像。Ｊ老師之前似乎是駕著他的愛車來到派對會場所在的飯店，後來在返家的途中，因駕駛不當撞向大卡車而翻車。Ｊ老師被緊急送醫，他身受重傷，嚴重昏迷。

他的傷勢比想像的還要嚴重，全身癱瘓加上臉部塌陷，今後寫作無望。此事沒被大肆報導，但透過網路，還是讓很多人知道了他的狀況，許多讀者都為之悲嘆。不過，關於車禍事故，則只有極少部分的人知道，此事似乎被下了封口令……

根據車禍發生前的目擊情報，聽說Ｊ老師開的車一路蛇行。他被送往急救時，體內驗出含有安眠藥的成分。Ｊ老師似乎是服藥後駕駛，車禍發生時，他應該是睡著，或是處在意識模糊的狀態下。

不過，這真的是J老師的個人過失嗎？警方也著手調查此事。他有可能是在不知情的情況下，被人下了安眠藥。警方會這麼想，有其根據。以前在某縣的老人安養中心就曾發生過一起事件，犯人讓開車的同事服下安眠藥，引發交通事故，那位同事就此喪命。那名犯人是一位女性的實習護理師，那起事件還登上全國的新聞版面。這次的犯人有可能是模仿那起事件。

警方仔細調查派對會場的監視器紀錄，確認有無接近J老師的可疑人物。如果是要加入安眠藥，J老師喝的咖啡最可疑。

警方不讓媒體發現，暗中調查J老師的人際關係。他的毒舌是出了名的，貶損別人的作品時，完全不當一回事，所以有許多作家內心很受傷。他過去也曾訓斥工作出包的編輯，讓對方向他跪地磕頭。有可能是對他懷恨在心的人所犯的罪行。

但是從派對會場的監視器紀錄無法鎖定犯人，一直無法破案。

×××

「N很巧妙地解讀J老師的意思，打出就像是老師親自執筆的文章。就連休息時間，他也不斷研究J老師作品的文體，閱讀作品的時代背景資料。」

A先生並非整天都在一旁看他們兩人寫作，他有其他要負責的作家，也有該編輯的書。在公司忙完工作後，A先生傍晚時會繞到病房來，確認這天的寫作成果，這樣的日子持續了好一陣子。

「某天，N找我商量。說J老師想和他的作家朋友以及熟識的編輯見面，問我可否帶他們來探望老師。老師想找的人，也已製作好名單。」

A先生雖然覺得奇怪，但還是完成了老師的要求。他向名單上的作家和編輯詢問意願，問他們可否來探望J老師。有人很爽快地答應，也有人感到納悶。因為連和J老師幾乎沒什麼交流的人也列在名單中，我也是其中之一。

「我向來到病房的人介紹N，大家都會以為他是看護之類的。而N在自我介紹後，會在不讓對方察覺的情況下試著碰觸對方的身體。有時是與對方握手，有時會假裝替對方除去沾在身上的線頭，也會以出去買飲料當藉口，在準備離開病房時，擦身而過以手背碰觸對方的皮膚。這些都是為了施展心電感應，他讀取所有前來探望的人們腦中的想法，找尋犯人。」

J老師知道他的體內被驗出有安眠藥的成分。他意識恢復後，在病房裡聽到醫師和護理師們談到這件事。當然了，他不記得自己曾經服藥。那天他所喝的飲料，就只有咖啡壺裡的咖啡。犯人肯定是派對會場裡的某人。

因此J老師才會決定請當初在派對裡靠近桌子向他問候的作家和編輯，一個一個到病房來。N透過心電感應讀取他們腦中的想法，想從中找出誰是犯人。

「我發現他們兩人的計畫，詢問後，N馬上就招認了。之後我也加入他們的行列，請許多人到病房來。我自己也對犯人滿腔怒火，到底是誰這樣陷害J老師。我很想揪出那個人，要他贖罪。」

但前來病房探訪的人當中，沒有人擁有疑似犯人的想法。據N所言，來訪者全都在看了這位小說家全身癱瘓的模樣後，發自內心寄予同情。找尋犯人一事始終沒有結果。

「不過在寫作方面倒是很順利。原稿已有相當的分量，於是決定請總編也一起過目。」

首先，A先生沒作任何說明，便請總編閱讀那寫到一半的《遊廓人偶》。雖然文字推敲還不夠充分，但這份原稿確實散發出J老師小說特有的光芒。

總編看得很投入，接著深感遺憾地說道「因為車禍而無法看到這部小說的後續，真是文學界的一大損失」。因為他誤以為這份原稿是車禍前寫的故事。

「寫得很成功。雖然還未完成，但《遊廓人偶》與J老師的其他作品相比，毫不遜色。我向總編說明這件事的原委，但他不相信，於是我請他實際到病房來一趟，讓他看現場寫作的情況。」

總編目睹眼前的寫作景象，肯定覺得很怪異。

N碰觸臥床的J老師手臂，然後面對筆電打字。寫完幾行文章後，便讀出上面的文字，詢問J老師「這樣可以嗎？」。碰觸手臂，以心電感應來得知J老師的感想，適當地修改文章。如此一再反覆。

「總編相當欣賞我的嘗試，我也因此鬆了口氣。因為我很擔心他會說一句『我不認同這是J老師的新作』。這畢竟不算是完全由J老師一人執筆寫成，在想法輸出成文章的這個階段是借助他人之手。但我認為J老師的作家特性和靈魂，並未因為這樣而從他的作品中流失。」

總編與J老師是老交情，以前兩人還常一起四處到爵士咖啡廳光顧。透過N，兩人得以再次展開對話。

「兩人似乎都很高興。J老師表情僵硬，由N代替他說話，但他的想法充分表現在他的話語中。J老師講得意氣風發，說《遊廓人偶》應該會是他的最高傑作。我也同意他的說法，雖然當時還沒寫到結局，但已感覺出超越他的代表作《島國》的潛力。」

但過沒多久，寫作又再度受挫。

×××

「我很尊敬J老師，不過他的個性真的有點古怪。如果他是我父親，我應該會受不了他，經常離家出走吧。他頑固又神經質，成天抱怨。當時我心想，他在不知情的情況下服下安眠藥並遭遇車禍，可能也是自己的個性招來的惡果，一定有人對他懷恨在心。不過他的作品真的很棒。」

N一臉懷念地說著當時的事。

此刻他人在越南。

他已離開日本多年。

「我至今還記得。在為《遊廓人偶》寫作時，我邊打字邊哭。那是遊女們躲在被窩裡回想故鄉家人的場景，J老師腦中傳來的無數畫面和話語，真切地說出遊女們的心情。我一邊將它轉化成文章，同時因感動而淚流不止。雖然螢幕畫面因淚水而模糊看不清楚，但面對J老師心裡湧現的情節，我不想認輸，所以一面嗚咽一面打字。可能是發現我的啜泣聲吧，J老師很驚訝，建議先休息一會兒，但我拒絕了。我堅持應該維持這樣的步調，一路寫到這幕場景的最後。我覺得要是暫停的話，這麼美的小說，它的延續性可能會因此被中斷。」

N流著淚，寫完那幕場景。

「之後我稍微聊到自己的事。這種情形真的很罕見，J老師問我關於越南的事，還有在我們村裡的生活樣貌、都吃些什麼菜，也問到祭典、我父母，以及弟弟們的事。這還是J老師第一次像這樣詢問我的成長過程和生活環境，因為他太愛日本，對國外的事向來都不感興趣。」

J老師的心情只能全憑猜測，他可能是想更加接近N吧。這位外國人充當他的手，代他寫下小說，還因感動而流淚，老師可能是想向他表達一份敬意吧。

「在J老師底下寫小說，這份工作真的很辛苦，但辛苦得很值得。有一種成就感，覺得自己在從事一項很有價值的工作。因為沒有任何天分的我，正在幫忙讓一個美麗的事物誕生在這世上。」

說到這裡，他沉默了片刻。

「某天晚上，我結束寫作的工作，返回短期出租公寓。夜裡感到口渴，我到外面的自動販賣機買果汁喝。當時因為發生過外國人在超商搶劫的案件，所以警方也都繃緊神經。兩名穿著制服的警察走近向我問話，他們問我名字和國籍，我如實回答。他們叫我出示身分證明文件，我說忘在屋裡了，想逃離現場。其實我根本沒有什麼身分證明文件，他們可能是發覺我態度有異吧。最後我被帶往派出所，接受問話。我已徹底死心，就此坦白說出我沒有護照，工作簽證早已過期，一直都沒更新。」

他在拘留所裡待了幾天。

警方調查他有無前科後，將他遣送出入國在留管理廳的辦事處。

他已無暇再顧及寫作。

×××

「N突然失蹤。我傍晚去病房查看，也只看到J老師躺在病床上，不像是已經寫作結束。我詢問該樓層的多名護理師，有沒有人看到N。」

A先生前往N居住的那棟短期出租公寓，但屋裡沒人。A先生持有備份鑰匙，所以可以確認屋內的狀況，寫作用的筆電和之前給他聯絡用的手機都還擺在屋內。

「J老師想必很不安吧。因為少了N，他的小說就不可能完成了。」

後來是A先生向派出所詢問，才得知N的下落。他跟警方說他有位認識的越南人失聯，就此得知幾天前有位像是N的越南人在派出所裡接受偵訊的事。

「造訪派出所是最後的手段，因為N是非法外籍勞工的事或許會因此穿幫。不過，好在最後去了一趟。得知他的下落後，我鬆了口氣。」

N被拘留後，似乎沒打算與A先生聯絡。他在拘留所裡一直都坐著，保持沉默，也許是不想給A先生添麻煩。

他人在出入國在留管理廳辦事處的收容所裡。查出此事後，A先生決定前去與他會面。

「我先找總編商量，請他介紹律師給我。是一位四十幾歲的女律師，很熟悉非法居留和逾期停留的問題。我很猶豫該向她說明到什麼程度，我們請N幫忙寫小說，但如果被視為雇用他工作，就構成了非法就勞助長罪……在這之前還有個問題，那就是心電感應一事，她能相信多少？」

A先生決定毫不保留地向那位女律師說出他與N認識的整個經過。女律師皺起眉頭，表情凝重，但還是一路聽他說完。

最後，她雖然不認同N擁有超能力，但似乎也沒關係。即使以心電感應不存在的前提來整理目前的情況，N看起來就只是在病房裡寫自己感興趣的小說。

「N始終只是基於個人嗜好在寫小說，我雖然資助他生活費，卻沒對他的寫作支付對價的金錢，只是以朋友的身分提供援助。在這位女律師的建議下，我們決定以這種方式解釋。」

在某個陰天的日子，A先生與女律師在外面約見面，一同前去探望N。會面需要的資料都已備齊。出入國在留管理廳的辦事處是一棟沒特色的大樓，讓人聯想到一個巨大的灰色立方體。

「聽說全國各地都有這樣的設施，用來暫時收容逾期停留的外國人。在監禁他們的這段時間會由入境審查官展開調查，或是特別審理官進行口頭審理，視結果而定，判斷是否要強制遣返。當收容期間拉長時，似乎會被送往一處名為『入境管理中心』的大型收容所，不過那是類似監獄的地方。」

入境管理中心通稱入管中心，在日本只有兩處，是逾期停留的人們最後會去的地方。根據女律師的說明，這種設施的風評極差，收容在那裡的人很多會試圖自殺，各種人權團體都曾對他們提告。A先生希望能在N被送往入管中心前，想辦法讓他獲得釋放。

「我在會客室裡再次見到了N。他原本就瘦削的臉頰變得更憔悴了，眼窩處有黑眼圈，似乎睡得不好。他一再跟我說對不起，接著問我J老師的情況。他問我，寫作的事被迫中斷，老師想必很生氣吧。」

A先生和女律師一再前來探望N，花了很長的時間討論救他離開這處收容設施的方法。

「N沒有在日本長住的意願。等賺了足夠的錢後，他打算回越南。他決定接受強制遣返，以此為前提，我們打算申請假釋。」

一旦通過假釋申請，就能暫時離開這處設施。不過需要繳交保證金，行動範圍也會受限。

「多虧有律師的建議，他獲得為期一個月的假釋。N同意回越南，為了讓他處理身邊的事務，所以希望能獲得假釋，以這樣的形式提出申請似乎奏效了。拜此之賜，N終於獲得釋放。他走出那棟建築時，我與他握手，他緊緊握住我的手，就此流下淚來。」

N並非就此自由，目前的情況是法律正式判定他必須強制遣返。他能在日本這塊土地上四處行走也只是暫時，在假釋期間結束前，他就得離開日本。《遊廓人偶》非得趕在那之前完成不可。

四

「真的很感謝A先生和律師，支付假釋保證金的人也是A先生。從接受盤查的那天起到假釋離開，我一直都意志消沉。每次警察或入境管理中心職員的手碰觸到我，他們對外國人的惡意便會直接流進我的腦中，真的很令人沮喪。這個國家沒有我的容身之所，但當我離開那裡，與A先生握手時，我知道他是發自內心替我高興。與我是哪個國家出身無關，他當我是一般人看待，替我擔心，設身處地為我著想。」

向那位女律師道謝後，A先生和N當天便前往J老師所在的病房。

「我一碰觸J老師枯瘦的手臂，他的怒吼聲便響亮地傳進我的腦中。我拋下寫作的工作，一直都沒到病房來，他氣壞了，但同時我也明白他很替我開心。能再見面，他很高興，他的關愛之情傳來。很令人驚訝對吧？我知道他曾經寫過隨筆，主張日本應該要鎖國。」

兩人合力的創作活動再度展開，病房裡的打字聲再度回歸。小說家腦中的畫面和話語再次透過N的手，轉化為適合的文章。一度中斷的遊女故事，也再次朝終點邁進。

他們的說法就是，A先生提供N生活援助、這不是工作的報酬、N寫小說始終都是基於自己的嗜好。此外，N有義務每隔幾週就要接受入管中心的傳喚，前往報到，這是為了確認假釋中的外國人是否逃亡所設立的制度。每次那位女律師都會陪同，申請延長假釋期間。

最後初稿終於完成了。

「打完最後一行字時，我緊緊摟住J老師。他雖然在腦中說『別這樣』，但他無法將我推開，而且我知道，他心底其實也沒那麼排斥。」

但這項工作還沒完成，接下來要花很長的時間進行修正作業。他們一再重讀，N和J老師細校內容，有時會添加對遊女心境的描寫，有時則是很惋惜地刪除先前花很多時間描寫的場景。A先生著手進行校稿，請總編和交情好的編輯閱讀。大家看過之後，紛紛為這個故事著迷。遊廓工作的女性們展現的生活樣貌，也會在現代人心中產生極大的迴響。

校樣的修正作業是在病房內進行。病床邊堆放一疊列印出來的小說原稿，N一次念出幾行文字，同時利用心電感應來詢問老師的意見。A先生已請設計師設計書本的裝幀，發售日也已決定，原稿廣寄給各界的名人，請他們寫推薦文。眾人的反應絕佳，沒人發現小說泰半都是由一位越南青年執筆。

「我原本就無意以共同執筆者的身分掛名，我始終就只是負責打字，但J老師卻主張我的名字應該列在書中的某處。書本最後之所以會加上謝辭以及我的名字就是這個緣故，大家看了之後，不知道會作何感想。」

不久後，一切的作業宣告結束。

N、A先生、J老師，三人在病房裡慶祝。

「我和A先生瞞著不讓護理師發現，偷偷開香檳。J老師當然不能喝，但從他身上傳來滿足感，以及一份悲戚。他似乎感慨這部小說是他作家人生的最終作品，就在這時，J老師向喝得微醺的我提出一個荒唐的提議。」

N當時一手拿著香檳酒杯，一手擺在J老師的手臂上。透過接觸，傳來老先生的想法。

「他說要將一半的財產分給我。還說這是生前贈與，要我帶著這一大筆錢回越南去……」

×××

「J老師家位於東京一處高級住宅區，光建築和土地就價值十億日圓以上。今後老師的著作應該仍會繼續熱賣，連同版稅在內，金額應該相當驚人。J老師單身，而且年事已高，全身癱瘓的情況也已無法恢復。他應該是心想，自己只要留一筆住院費，供他自然老死也就夠了。我認為這提議不錯，這麼一來，N和他越南的家人也能得到幸福。而且，既然J老師說他想這麼做，我也只能照辦。不過，這個提議卻引來了麻煩的紛爭。」

某天，一位自稱是J老師外甥的人物來到了出版社。

J老師有位妹妹，雖然已經過世，但留下一個兒子。他與老師幾乎沒任何交流，所以老師似乎也從沒提過他。

「我們對於J老師的親屬關係一無所知。發生車禍時，沒有任何他的親戚出面，所以住院手續全都是由出版社的相關人員辦理。也不知道這個男人是從哪裡聽到消息，竟然跑來對老師的一半財產要轉讓給N的事表達不滿。」

當時A先生有找總編商量這件事。想必是有人聽到後，在業界傳開，連帶傳進J老師的外甥耳中。

造訪公司的這名男子年近五旬，身材清瘦。他身穿西裝，給人的印象是位體格不錯的上班族，臉上始終掛著笑意，感覺很可疑。他帶著一份證明他與J老師有血緣關係的文件，顯然有備而來。他確實是J老師的外甥，J老師死後，身為法定繼承人的他，有權利繼承遺產。

「那個男人應該是看老師一半的財產要轉贈給一位陌生的越南青年，覺得無法忍受吧。因為他能繼承的金額將會大幅縮水。」

他極力主張，說J老師要轉讓一半財產的提議，肯定是有人捏造的。的確，會有這樣的想法也無可厚非。不知道N這項能力的人要是聽了這件事應該會心想，因為全身癱瘓話沒辦法說，眼珠也沒辦法動的J老師，要如何作出這樣的提議，感到很不可思議吧。

麻煩的是，這件事並非J老師自己開口表明意思，始終都是透過N來說。因此就法律來說，要讓人認同這是J老師的意思，實在有困難。

「於是我決定再次找律師商量。就是那位女律師，她好像也很熟悉遺產繼承的問題。她接受了我的諮詢，但我說明情況後，得到了很不樂觀的回答。她研判這樣對對方有利，非但如此，如果想將J老師的資產分給N，還很可能會被問罪。」

法律上不承認有心電感應的存在。就算N是奉J老師的指示去提領存款，但因為無法證明是J老師的指示，所以可能會被視為擅自提領。一旦對方提起訴訟，N肯定會敗訴。

不論J老師本人的意願如何，他的財產可能全都會由他外甥繼承。

「雖然J老師面無表情地躺著，但他內心似乎大為震怒。N碰他的手臂，加以安撫。我也很生氣，那個男人根本就不把J老師的想法當一回事，不把他當人看。J老師只是無法行動、無法說話，他腦中的意識清楚也可以思考，但這個男人卻想當這一切都不存在。據N所言，J老師怒不可抑地說，誰要把財產交給那個男人啊，但法律上沒有方法可以證明他此時的想法……」

而小說《遊廓人偶》就在那時候發售了。

發售日當天，書店裡擺滿了書。一位因遭遇車禍而被認為再也無法復出的小說家，推出了全新作品。這在世上引發大家莫大震撼，我對此事至今記憶猶新。

同一天傍晚，A先生接到N打來的一通電話。他說一名自稱是J老師外甥的男子造訪醫院。

「那個男人出現在醫院裡，真的太奇怪了。自J老師住院後，一直都沒露面的人，現在突然跑來探望。他的目的應該是想要彌補之前雙方疏離的關係吧，也許是要展現給世人看，想強調他是有資格繼承J老師遺產的親人。」

A先生當時人在公司，所以是事後聽聞，才得知當天病房裡發生的事。

小說《遊廓人偶》的發售日當天，東京下起了雨，從病房窗戶看出去的景象顯得灰濛。N坐在J老師的病床邊，陪這位老先生說話。儘管寫作的工作已經結束，但N還是每天到J老師的病房報到。

再過不久，他就得離開日本了，J老師的靈魂也將再次被關進孤獨的肉體牢籠裡。他的話語無法傳向外界，就像植物一樣躺在床上，只能等待生命結束。N很在意這件事，他就像要抹去自己拋下J老師回國去的歉疚，想騰出時間多和J老師聊天。

傍晚時分，有人敲響病房房門。打開門，走進一位四十多歲、身材清瘦的男子。N第一次見到他，所以一時間不知道他是誰。事實上，男子長得很像J老師。不過N所熟悉的J老師，他的臉部在車禍後塌陷變形，所以他看不出男子與老師有血緣關係。

「請問您是哪位？」

N問。

男子自稱是J老師的外甥，神情倨傲地望著N。

「你就是照顧我舅舅的那名越南人嗎？」

「是的。我叫N，請多指教。」

N站起身向他問候。就周遭人的認知來說，N是A先生的朋友，前來協助照料J老師。J老師似乎在床上聆聽他們兩人的對話，但沒辦法做出任何表情。如果此時N碰觸他的手臂，不知道會傳來多激烈的言詞。不過，話語無法離開他肉體的牢籠，所以病房裡一片悄靜。

「今天是新書的發售日，機會難得，所以我才想來探望一下。」

「這樣啊，我從A先生那裡聽說過您的事。」

N提醒自己要以友善的態度來應對。他對男子原本就沒惡意，也不知道為什麼大家都這麼生他的氣。N心想，既然他有權利繼承J老師的財產，那就該由他來繼承。

男子轉身面向躺在病床上的老先生。

「舅舅，遲遲不能來看你，真抱歉。今後請讓我好好照顧你。」

「呃，我去買個飲料。您想喝什麼？咖啡嗎？還是茶？」

「咖啡。」

「我知道了。熱咖啡可以嗎？要加糖嗎？」

「你決定就好。你日語說得真好。」

「對，大家常這麼說。」

N準備走出病房。當他與站在門口的男子擦身而過時，很自然地碰觸了他的身體。只有手背碰觸了一下，這已成了N的習慣動作，對來到病房裡探望的人，他都同樣會這麼做。

N讀取了他腦中的想法。

愉悅、嘲笑、殺意……

隨著思考的片段進入，他同時窺見了多個畫面。那是男子的記憶。

N掌握了幾項事實。男子與充當出版社派對會場的那家飯店的員工接觸，握有對方的把柄，要對方乖乖聽話。他利用那名員工，要他在J老師的咖啡壺裡加入安眠藥……

這下N確定了，這個人就是想害死J老師的真正犯人。

「怎麼了嗎？」

「不，沒事……」

N內心慌亂，似乎在無意識中注視著對方。

N走出病房後，決定打電話給A先生，聽聽他的意見。

「我聽了他說的話，大吃一驚。我先讓N冷靜下來，和他討論該怎麼做才好。最後，那天我們什麼也沒做，就放對方回去。接著我們跑去找警方談，由於無法跟警方說明心電感應的事，所以這方面扯了一些謊。」

警方先前為了J老師的案子暗中展開過搜查，當時已將飯店員工的大頭照和經歷列成名單，A先生和N請警方讓他們看那份名單。

「我們說是那名男子與一名像是飯店員工的人物見面時，碰巧被N發現。這也並非全是謊言，因為N有透過心電感應看到那一幕。好在N看過警方製作的名單後，指出了那名員工的大頭照。」

警方對那名人物展開偵訊後，他便馬上招供。可能是禁不起良心的譴責吧，他坦承是他在咖啡裡加入安眠藥，並強調他只是聽命行事，並非存心殺人。

「那名男子在車禍發生後的那段時間，之所以都沒以親屬的身分出面，或許是因為他不清楚警方調查的狀況。他不想引人注意，因而刻意保持距離。後來聽到J老師的財產有一半要贈與N，這才按捺不住，展開行動。他旋即以案件主謀的身分被逮捕，這就是所謂的非故意殺人。雖然他否認自己有嫌疑，但從他住宅發現了幾項與這起案件有關的證據。分別是各種他用來讓那位飯店員工乖乖聽話的東西，以及記載了J老師行動的資料。這是從某位作家部落格上的內容列印而成，上面提到J老師在派對上總是喝咖啡壺裡的咖啡，而且都是自己駕車返家。他還用筆在那個地方標註記號，想賴也賴不掉了。」

他似乎欠了一屁股債，被迫得還錢。因此，雖然不是個可靠的方法，他還是想害死自己的舅舅，好早點取得遺產。他最後以殺人未遂的嫌疑被逮捕，後來被認定不符合繼承資格，就此被取消繼承遺產的權利。

×××

「我之所以能離開日本返回越南，都多虧有A先生和總編的金援。這並不是為《遊廓人偶》寫作所給的對價回報哦，因為這樣就成了雇用非法外籍勞工，A先生他們會被捕的。這件事請千萬別寫。」

「我明白，這件事我會保密。」

我隔著電腦向他保證。

N背後的牆壁映在螢幕上，上頭裝飾了像是孩子們的圖畫。現在他在故鄉的村莊附近當學校老師，他在那裡的教室接受我的遠距採訪。

N現在承接將日語書翻譯成越南語的工作，以此為副業。如果使用心電感應的能力，或許能找到其他更容易賺錢的工作，但他選擇當初與J老師對話所學會的語彙能力，來開創自己的人生道路。

「記得那是我即將離開日本前的事。J老師告訴我他銀行戶頭的密碼，並跟我說戶頭裡的錢，看你要多少，儘管提走。但如果我那麼做，就更有可能會入獄，而且財產這種事，我根本就不在乎。能參與J老師小說的執筆工作，我就很滿足了。就在那時候，老師突然說，今天他的眼睛比平時更容易聚焦了。我望向他的眼睛，發現他平時痙攣顫動的現象確實消失了。」

為了謹慎起見，N請醫生前來檢查。醫生注視J老師剩下來的單邊眼睛，很仔細地檢查。從車禍發生以來，一直都只會微微痙攣顫動的左邊眼球，現在靜止不動，注視著某一點。醫生判斷這是恢復的徵兆。

「醫生還說，只要做復健，眼睛或許就能動了。意思並不是說閉鎖症候群可以痊癒，只是眼球的動作或許稍微可以由自己來控制，不過眼皮的肌肉還是不會動。」

這項檢查的結果為J老師周遭的狀況帶來關鍵性的改變。如果他能憑自己的意思動眼球，就能表達「Yes」和「No」。不用透過N的心電感應，也能向周遭人表明他的意思。要在生前將一半的資產贈與N，這樣的想法也能獲得法律的認同。

「不過，最後在病房與他道別時，他因為還沒做復健，所以眼睛仍完全無法動。那天，我碰觸他那宛如枯木般的手臂時，傳來他發自內心的真誠感謝。他的心情已不再如先前那樣晦暗，因為只要他的眼睛恢復到能動，就算少了我，應該還是能和周遭人溝通。真是太好了。我向他揮手說了一句『おさればえ』，這是花魁使用的廓詞，意思是『さようなら』（再見）。」

之後N與A先生一同前往機場，也和他用力握手。

「能認識A先生真是太幸運了。這是很不可思議的緣分，當初我逃離工廠時，一直覺得很後悔，心想要是當初沒來就好了，應該留在越南才對，每天都暗自啜泣。但在即將離開日本時，卻又感到不捨。」

飛機載著N飛離了日本。

直線距離三千六百公里，耗時約六小時後，N返回了越南。他在都市住了一晚，接著搭乘長程火車，轉乘巴士，最後終於回到故鄉。再次看到自己的故鄉，當真是個什麼也沒有的普通農村，與當年離開時沒什麼改變。他前往日本的這幾年，感覺就像夢一場。

「因為我事前完全沒聯絡，走進家中後，我父母一臉茫然地望著我，接著緊緊抱住我。我告訴他們我被驅逐出境，所以回來了。大家都很驚訝。他們以為我在日本闖了什麼禍，很替我擔心。」

小說《遊廓人偶》的一部分版稅，日後匯入N在越南的銀行帳戶，那是很龐大的一筆錢。不光只是這樣，能照自己的意思轉動眼球的J老師，已讓司法認同他的個人意願，要將一半的財產生前贈與N。N用這筆資金蓋學校和醫院，全部冠上J老師的名字。

「就這樣，我現在在當老師。對了，J老師現在好像過得不錯呢，我有看到網路上的新聞報導。我現在仍會偶爾逛日本的新聞網站，他出新書了對吧？」

「對，但不是小說。大家都以為《遊廓人偶》會是J老師的最後一本書，所以出書後，大家都嚇了一跳。」

「像他這樣的老先生沒那麼容易死的，在我們越南也是如此。」

N如此說道，莞爾一笑。

J老師的新作是短歌集，由A先生負責編輯。利用可以探測眼球動向的一套系統，J老師可以逐字挑選平假名，寫成文章。因為文字輸入很花時間，所以他才會避開小說這種長篇創作，選擇短歌吧。J老師在這方面也發揮他的才能，吸引了各界的關注。

「從那之後，你就沒跟J老師聯絡了嗎？」

我向N詢問。

「是的，我沒寫電子郵件，也沒用遠距軟體問候他，老師可能已經忘了我吧。不過，再過幾個月，我又能去日本了，有機會去的話，我會去病房探望他。」

遭日本強制遣返者，會有長達五年的時間被拒絕入境。再過幾個月，他就能再次入境日本。只要N能露臉，J老師一定也會很高興。他短歌集裡收錄的作品中，有為外國朋友而寫的短歌。我想像他們兩人的重逢，心想，這一幕要是能實現就好了。

在採訪的最後，N說道：

「我常向孩子們炫耀，說我和日本一位知名的小說家是朋友，他們全都眼中閃著光芒聽我說。要是能平等地給予每個孩子機會，不知道有多好，我祈求他們能有開闊的未來。我算是個幸運之人，雖然當初差點死在日本，但最後還是有好的結果。」

採訪結束時，許多孩子跑進他所在的教室裡。孩子們一臉興趣濃厚的表情，往電腦螢幕裡窺望。我朝他們揮手，他們也隔著螢幕向我揮手。

〈心電感應小說家〉請來織守きょうや[14]小姐擔任法律監修。借這個機會致上我誠摯的謝意。

14. 小說家，原為律師。

後記

謝謝各位拿起這部作品閱讀。

這部短篇集是將著眼點放在小說家這種奇妙的人物上，以小說家周邊引發的悲喜劇為主題寫成。當初寫這部作品的動機，是因為我有一段時間陷入嚴重的低潮。我一時搞不懂小說該怎麼寫才好，連一行字都寫不出來。就連自己過去是如何寫小說，也完全想不起來，甚至連小說到底是什麼都無法理解。

因此，我決定先離開寫小說這項工作，過去所寫的系列作品也因此中斷。我承接其他業界的各種工作，接觸和過去完全不同的環境，努力讓自己能客觀看待寫小說這件事。我心想，當日後我面對非得再次寫小說不可的情況時，如果以那些被小說附身的人們當題材，或許就寫得出小說了。

因寫不出小說而發愁的作家、明明不想寫卻硬是被逼著寫的作家，或者是為了寫小說而行徑脫離常軌的作家……

這本書中出現許多因為對小說的執迷，讓自己的人生為之大亂的作家，但對我來說，這裡頭的每個故事都絕非與我無關。他們是我心中的一部分。藉由描寫這些人物，我也得以對自己有了進一步的了解，再次慢慢想出寫小說的方法。在這部作品中，不時會有像採訪報導的文體，那是我之前因為無法順利寫出小說，做復健時所留下的痕跡。

普通的小說描寫的是普通人發瘋的過程，但這本書中登場的小說家們，也許大多打從一開始就瘋了。對小說的執迷，令他們的倫理觀產生扭曲，而我也正是因為這樣，才寫得出小說。

山白朝子

□集滿4個印花贈品（二款任選其一）：

A：【推理謎】LOGO皮質燙銀典藏書套一個
（黑色，25開本適用，限量1000個）

B：【推理謎】吉祥物『獨角獸』圖案皮質燙金典藏書套一個
（咖啡色，25開本適用，限量1000個）

□集滿8個印花贈品（二款任選其一）：

C：【推理謎】LOGO皮質燙金證件名片夾一個
（紅色，11.5cm x 8.6cm，限量500個）

D：【推理謎】吉祥物『獨角獸』圖案環保購物袋一個
（米色，不織布材質，41.5cm x 38.6cm，限量1000個）

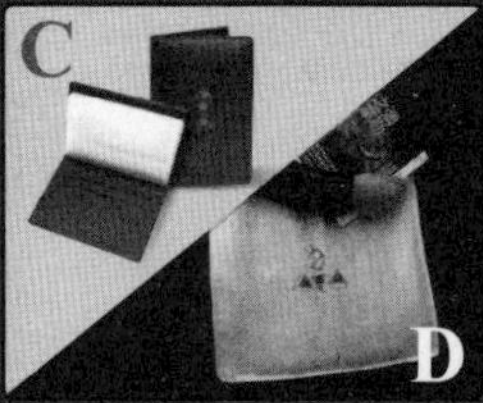

□集滿12個印花贈品（二款任選其一）：

E：【推理謎】LOGO不鏽鋼繩鑰匙圈一個
（限量500個）

F：【推理謎】吉祥物『獨角獸』圖案馬克杯一個
（白色，320cc容量，限量500個）

謎人俱樂部會不定期推出最新限量贈品提供兌換，
請密切注意活動官網和粉絲專頁。

?

【注意事項】
◎本活動僅限台灣地區讀者參加。
◎贈品兌換期限自即日起至2024年12月31日止（以郵戳為憑）。
◎贈品圖片僅供參考，所有贈品應以實物為準。
◎所有贈品數量有限，送完為止。如讀者欲兌換的贈品已送完，皇冠文化集團有權直接改換其他贈品，不另徵求同意和通知。贈品存量將定期在【謎人俱樂部】活動官網上公佈，請讀者在兌換前先行查閱或直接致電：（02）27168888分機114、303讀者服務部確認。
◎皇冠文化集團保留修改或取消謎人俱樂部活動辦法的權利。辦法如有更動，將隨時在【謎人俱樂部】活動官網上公佈。

國家圖書館出版品預行編目資料

小說家與夜晚的界線 / 山白朝子 著；高詹燦譯. -- 初版. -- 臺北市：皇冠, 2024. 10
288面；21×14.8公分. --(皇冠叢書；第5189種)(乙一作品集；12)
譯自：小説家と夜の境界

ISBN 978-957-33-4208-3 (平裝)

861.57　　113013647

皇冠叢書第5189種
乙一作品集｜12

小說家與夜晚的界線

小説家と夜の境界

作　　者—山白朝子
譯　　者—高詹燦
發 行 人—平　雲
出版發行—皇冠文化出版有限公司
臺北市敦化北路120巷50號
電話◎02-27168888
郵撥帳號◎15261516號
皇冠出版社(香港)有限公司
香港銅鑼灣道180號百樂商業中心
19字樓1903室
電話◎2529-1778　傳真◎2527-0904
總 編 輯—許婷婷
責任編輯—蔡承歡
美術設計—嚴昱琳
行銷企劃—薛晴方
著作完成日期—2023年
初版一刷日期—2024年10月

法律顧問—王惠光律師

讀者服務傳真專線◎02-27150507
電腦編號◎533012
ISBN◎978-957-33-4208-3
Printed in Taiwan
本書定價◎新臺幣420元/港幣140元

謎人俱樂部贈品兌換卡

我要選擇以下贈品（須符合印花數量）：□A □B □C □D □E □F

1	2	3	4
5	6	7	8
9	10	11	12

【個人資料蒐集、利用及處理同意條款】

您所填寫的個人資料，依個人資料保護法之規定，皇冠文化集團將對您的個人資料予以保密，並採取必要之安全措施以免資料外洩。您對於您的個人資料可隨時查詢、補充、更正，並得要求將您的個人資料刪除或停止使用。

本人同意皇冠文化集團得使用以下本人之個人資料建立該集團旗下各事業單位之讀者資料庫，做為寄送出版或活動相關資訊、相關廣告，以及與本人連繫之用。本人並同意皇冠文化集團可依據本人之個人資料做成讀者統計資料，在不涉及揭露本人之個人資料下，皇冠文化集團可就該統計資料進行合法地使用以及公布。

□同意　□不同意

我的基本資料

姓名：＿＿＿＿＿＿＿＿

出生：＿＿＿＿年＿＿＿＿月＿＿＿＿日　性別：□男 □女

職業：□學生 □軍公教 □工 □商 □服務業

□家管 □自由業 □其他＿＿＿＿＿＿

地址：□□□□□＿＿＿＿＿＿＿＿

電話：（家）＿＿＿＿＿＿（公司）＿＿＿＿＿＿

手機：＿＿＿＿＿＿＿＿

e-mail：＿＿＿＿＿＿＿＿

◎請沿虛線剪開、對摺、裝訂後寄出。

◎請沿虛線剪開、對摺、裝訂後寄出。

我對【乙一作品集】系列的建議：

寄件人：

地址：□□□□□

北區郵政管理局登
記證北台字1648號
免 貼 郵 票

〔限國內讀者使用〕

105020

台北市敦化北路120巷50號

皇冠文化出版有限公司　收